MARIA CHAPDELAINE

D'origine bretonne, né à Brest en 1880, élevé à Paris où son père est professeur de lettres, Louis Hémon est admis à l'Ecole coloniale, mais démissionne, moins attiré par une carrière administrative que par le sport et les lettres.

Fasciné par l'Angleterre, il s'y fixe en 1903, devient correspondant de journaux sportifs, écrit des contes et deux romans, exerce divers métiers. Il émigre en 1911 au Canada, passe l'hiver à Montréal et au Québec, ce qu'il relate dans Au Pays de Québec, *s'engage en juin 1912 comme journalier à Péribonka près du lac Saint-Jean chez les Bédard, cultivateurs qui seront ses modèles pour son chef-d'œuvre* Maria Chapdelaine. *Il en a expédié le manuscrit au journal* Le Temps *avant de partir à pied sur la voie du Transcanadien où un train l'a fauché près de Chapleau (Ontario) en juillet 1913.*

Publié en 1914 en feuilletons à Paris, et en volume au Canada, ce roman qui sera traduit dans toutes les langues fait de lui le chef de file des écrivains régionalistes canadiens jusque vers 1940. Il n'a connu un succès considérable en France qu'après sa publication en volume en 1921, mais dès 1919 deux lacs canadiens avaient été rebaptisés Hémon et Chapdelaine en son honneur.

Louis Hémon a été aussi le précurseur des romanciers sportifs avec Battling Malone, pugiliste *(1925). Autres romans :* Colin-Maillard *(1924),* Monsieur Ripois et la Némésis *(1928). Sans oublier le recueil de nouvelles :* La Belle que voilà *(1923).*

François Paradis est parti seul, à la raquette, avec des provisions sur une petite traîne, pour remonter vers le lac Saint-Jean juste avant Noël ; la tourmente l'a pris dans les Brûlés ; il s'est écarté, perdu, la neige a recouvert sa piste.

C'est Eutrope Gagnon, leur plus proche voisin, qui apporte la nouvelle aux Chapdelaine et, tandis qu'il prononce avec ses parents l'éloge du mort, le chagrin serre la gorge de Maria.

Jamais plus François Paradis ne courra les bois pour chasser, commercer avec les sauvages, guider les acheteurs de pelleteries, jamais plus il ne cueillera avec elle les bleuets de la Sainte-Anne, jamais ils ne se marieront.

Ses parents ont respecté sa grande peine, puis s'en sont inquiétés, le curé lui a ordonné de l'oublier, Maria s'est efforcée d'obéir. Lorenzo Surprenant qui revient des « Etats » a vanté les beautés, les facilités de la ville. Il voudrait épouser Maria. Avec lui c'en serait fini de la vie rude dans l'isolement qui a été celle de ses père et mère et qui serait la sienne si elle disait « oui » à son autre prétendant, Eutrope.

Cette vie des pionniers défricheurs de la forêt canadienne dont Louis Hémon sait évoquer avec puissance l'âpreté et l'attirance en racontant l'histoire de Maria Chapdelaine, enfant du pays de Québec.

W9-AUI-348

LOUIS HÉMON

Maria Chapdelaine

RÉCIT DU CANADA FRANÇAIS

LIBRAIRIE GÉNÉRALE FRANÇAISE

I

« Ite *missa est.* »

La porte de l'église de Péribonka s'ouvrit et
les hommes commencèrent à sortir.

Un instant plus tôt elle avait paru désolée,
cette église, juchée au bord du chemin sur la
berge haute au-dessus de la rivière Péribonka,
dont la nappe glacée et couverte de neige était
toute pareille à une plaine. La neige gisait
épaisse sur le chemin aussi, et sur les champs,
car le soleil d'avril n'envoyait entre les nuages
gris que quelques rayons sans chaleur et les
grandes pluies de printemps n'étaient pas encore venues. Toute cette blancheur froide, la
petitesse de l'église de bois et des quelques
maisons, de bois également, espacées le long
du chemin, la lisière sombre de la forêt, si

proche qu'elle semblait une menace, tout parlait d'une vie dure dans un pays austère. Mais
voici que les hommes et les jeunes gens fran-
chirent la porte de l'église, s'assemblèrent en
groupes sur le large perron, et les salutations
joviales, les appels moqueurs lancés d'un
groupe à l'autre, l'entrecroisement constant
des propos sérieux ou gais témoignèrent de
suite que ces hommes appartenaient à une
race pétrie d'invincible allégresse et que rien
ne peut empêcher de rire.

Cléophas Pesant, fils de Thadée Pesant le
forgeron, s'enorgueillissait déjà d'un habillement d'été de couleur claire, un habillement
américain aux larges épaules matelassées;
seulement il avait gardé pour ce dimanche
encore froid sa coiffure d'hiver, une casquette
de drap noir aux oreillettes doublées en peau de
lièvre, au lieu du chapeau de feutre dur qu'il
eût aimé porter.

A côté de lui, Egide Simard, et d'autres qui,
comme lui, étaient venus de loin en traîneau,
agrafaient en sortant de l'église leurs gros
manteaux de fourrure qu'ils serraient à la
taille avec des écharpes rouges. Des jeunes gens
du village, très élégants dans leurs pelisses à
col de loutre, parlaient avec déférence au
vieux Nazaire Larouche, un grand homme

gris aux larges épaules osseuses qui n'avait
rien changé pour la messe à sa tenue de tous
les jours : vêtement court de toile brune doublé de peau de mouton, culottes rapiécées et
gros bas de laine grise dans des mocassins en
peau d'orignal.

« Eh bien, monsieur Larouche, ça marche-
t-il toujours de l'autre bord de l'eau?

— Pas pire, les jeunesses. Pas pire! »

Chacun tirait de sa poche sa pipe et la vessie
de porc pleine de feuilles de tabac hachées
à la main et commençait à fumer d'un air de
contentement, après une heure et demie de
contrainte. Tout en aspirant les premières
bouffées ils causaient du temps, du printemps
qui venait, de l'état de la glace sur le lac Saint-
Jean et sur les rivières, de leurs affaires et des
nouvelles de la paroisse, en hommes qui ne se
voient guère qu'une fois la semaine à cause
des grandes distances et des mauvais chemins.

« Le lac est encore bon, dit Cléophas Pesant,
mais les rivières ne sont déjà plus sûres.
La glace s'est fendue cette semaine à ras le
banc de sable en face de l'île, là où il y a eu
des trous chauds tout l'hiver. »

D'autres commençaient à parler de la
récolte probable, avant même que la terre se
fût montrée.

« Je vous dis que l'année sera pauvre, fit un vieux, la terre avait gelé avant les dernières neiges. »

Puis les conversations se ralentirent et l'on se tourna vers la première marche du perron, d'où Napoléon Laliberté se préparait à crier, comme toutes les semaines, les nouvelles de la paroisse.

Il resta immobile et muet quelques instants, attendant le silence, les mains à fond dans les poches de son grand manteau de loup-cervier, plissant le front et fermant à demi ses yeux vifs sous la toque de fourrure profondément enfoncée; et quand le silence fut venu, il se mit à crier les nouvelles de toutes ses forces, de la voix d'un charretier qui encourage ses chevaux dans une côte.

« Les travaux du quai vont recommencer... J'ai reçu de l'argent du gouvernement, et tous ceux qui veulent se faire engager n'ont qu'à venir me trouver avant les vêpres. Si vous voulez que cet argent-là reste dans la paroisse au lieu de retourner à Québec, c'est de venir me parler pour vous faire engager vitement. »

Quelques-uns allèrent vers lui; d'autres, insouciants, se contentèrent de rire. Un jaloux dit à demi-voix :

« Et qui va être un « foreman » à trois

piastres par jour? C'est le bonhomme Laliberté... »

Mais il disait cela plus par moquerie que
par malice, et finit par rire aussi.

Toujours les mains dans les poches de son
grand manteau, se redressant et carrant les
épaules sur la plus haute marche du perron,
Napoléon Laliberté continuait à crier très fort.

« Un arpenteur de Roberval va venir dans la
paroisse la semaine prochaine. S'il y en a qui
veulent faire arpenter leurs lots avant de rebâ-
tir les clôtures pour l'été, c'est de le dire. »

La nouvelle sombra dans l'indifférence. Les
cultivateurs de Péribonka ne se souciaient
guère de faire rectifier les limites de leurs terres,
pour gagner ou perdre quelques pieds carrés,
alors qu'aux plus vaillants d'entre eux restaient
encore à défricher les deux tiers de leurs
concessions, d'innombrables arpents de forêt ou
de savane à conquérir.

Il poursuivait :

« Il y a « icitte » deux hommes qui ont de
l'argent pour acheter les pelleteries. Si vous
avez des peaux d'ours, ou de vison, ou de rat
musqué, ou de renard, allez voir ces
hommes-là au magasin avant mercredi ou bien
adressez-vous à François Paradis, de Mistassini,
qui est avec eux. Ils ont de l'argent en masse

et ils paieront « cash » pour toutes les peaux de première classe. »

Il avait fini les nouvelles et descendit les marches du perron. Un petit homme à figure chafouine le remplaça.

« Qui veut acheter un beau jeune cochon de ma grand-race? » demanda-t-il en montrant du doigt une masse informe qui s'agitait dans un sac à ses pieds.

Un grand éclat de rire lui répondit.

« On les connaît, les cochons de la grand-race à Hormidas. Gros comme des rats, et vifs comme des « écureux » pour sauter les clôtures.

— Vingt-cinq *cents!* cria un jeune homme par dérision.

— Cinquante *cents!*

— Une piastre!

— Ne fais pas le fou, Jean. Ta femme ne te laissera pas payer une piastre pour ce cochon-là. »

Jean s'obstina.

« Une piastre. Je ne m'en dédis pas. »

Hormidas Bérubé fit une grimace de mépris et attendit d'autres enchères; mais il ne vint que des quolibets et des rires.

Pendant ce temps les femmes avaient commencé à sortir de l'église à leur tour. Jeunes ou vieilles, jolies ou laides, elles étaient presque toutes bien vêtues en des pelisses de fourrure ou en des manteaux de drap épais; car pour cette fête unique de leur vie qu'était la messe du dimanche elles avaient abandonné leurs blouses de grosse toile et les jupons en laine du pays, et un étranger se fût étonné de les trouver presque élégantes au cœur de ce pays sauvage, si typiquement françaises parmi les grands bois désolés et la neige, et aussi bien mises à coup sûr, ces paysannes, que la plupart des jeunes bourgeoises des provinces de France.

Cléophas Pesant attendit Louisa Tremblay, qui était seule, et ils s'en allèrent ensemble vers les maisons, le long du trottoir de planches. D'autres se contentèrent d'échanger avec les jeunes filles, au passage, des propos plaisants, les tutoyant du tutoiement facile du pays de Québec, et aussi parce qu'ils avaient presque tous grandi ensemble.

Pite Gaudreau, les yeux tournés vers la porte de l'église, annonça :

« Maria Chapdelaine est revenue de sa promenade à Saint-Prime, et voilà le père Chapdelaine qui est venu la chercher. »

Ils étaient plusieurs au village pour qui ces Chapdelaine étaient presque des étrangers.

« Samuel Chapdelaine, qui a une terre de l'autre bord de la rivière, au-dessus de Honfleur, dans le bois?

— C'est ça.

— Et la créature qui est avec lui, c'est sa fille, eh? Maria...

— Ouais. Elle était en promenade depuis un mois à Saint-Prime, dans la famille de sa mère. Des Bouchard, parents de Wilfrid Bouchard. de Saint-Gédéon... »

Les regards curieux s'étaient tournés vers le haut du perron. L'un des jeunes gens fit à Maria Chapdelaine l'hommage de son admiration paysanne :

« Une belle grosse fille! dit-il.

— Certain! Une belle grosse fille, et vaillante avec ça. C'est de malheur qu'elle reste si loin d'ici, dans le bois. Mais comment est-ce que les jeunesses du village pourraient aller veiller chez eux, de l'autre bord de la rivière, en haut des chutes, à plus de douze milles de distance, et les derniers milles quasiment sans chemin? »

Ils la regardaient avec des sourires farauds, tout en parlant d'elle, cette belle fille presque inaccessible; mais quand elle descendit les marches du perron de bois avec son père et passa près d'eux, une gêne les prit, ils se recu-

lèrent gauchement, comme s'il y avait eu entre
elle et eux quelque chose de plus que la rivière
à traverser et douze milles de mauvais chemins
dans les bois.

Les groupes formés devant l'église se disper-
saient peu à peu. Certains regagnaient leurs
maisons, ayant appris toutes les nouvelles;
d'autres, avant de partir, allaient passer une
heure dans un des deux lieux de réunion du
village : le presbytère ou le magasin. Ceux qui
venaient des « rangs », ces longs alignements
de concessions à la lisière de la forêt, détachaient l'un après l'autre les chevaux rangés
et amenaient leurs traîneaux au bas des marches
de l'église pour y faire monter femmes et
enfants.

Samuel Chapdelaine et Maria n'avaient fait
que quelques pas dans le chemin lorsqu'un
jeune homme les aborda.

« Bonjour, monsieur Chapdelaine. Bonjour,
mademoiselle Maria. C'est un « adon » que je
vous rencontre, puisque votre terre est plus haut
le long de la rivière et que moi-même je ne
viens pas souvent par icitte. »

Ses yeux hardis allaient de l'un à l'autre.
Quand il les détournait, il semblait que ce fût
seulement à la réflexion et par politesse, et
bientôt ils revenaient, et leur regard dévisageait,

interrogeait de nouveau, clair, perçant, chargé d'avidité ingénue.

« François Paradis! s'exclama le père Chapdelaine. C'est un adon de fait, car voilà longtemps que je ne t'avais vu, François. Et voilà ton père mort, de même. As-tu gardé la terre? »

Le jeune homme ne répondit pas; il regardait Maria curieusement, et avec un sourire simple, comme s'il attendait qu'elle parlât à son tour.

« Tu te rappelles bien François Paradis, de Mistassini. Maria? Il n'a pas changé guère.

— Vous non plus, monsieur Chapdelaine. Votre fille, c'est différent; elle a changé; mais je l'aurais bien reconnue de suite.

Ils avaient passé la veille à Saint-Michel-de-Mistassini, au grand jour de l'après-midi; mais de revoir ce jeune homme, après sept ans, et d'entendre prononcer son nom, évoqua en Maria un souvenir plus précis et plus vif en vérité que sa vision d'hier : le grand pont de bois, couvert, peint en rouge, et un peu pareil à une arche de Noé d'une étonnante longueur; les deux berges qui s'élevaient presque de suite en hautes collines, le vieux monastère blotti entre la rivière et le commencement de la pente, l'eau qui blanchissait, bouillonnait

et se précipitait du haut en bas du grand
rapide comme dans un escalier géant.

« François Paradis!...   Bien sûr, « son »
père, que je me rappelle François Paradis! »

Satisfait, celui-ci répondait aux questions de
tout à l'heure.

« Non, monsieur Chapdelaine, je n'ai pas
gardé la terre. Quand le bonhomme est mort
j'ai tout vendu, et depuis j'ai presque toujours
travaillé dans le bois, fait la chasse ou bien com-
mercé avec les sauvages du grand lac à Mistassini ou de la Rivière-aux-Foins. J'ai aussi passé
deux ans au Labrador. »

Son regard voyagea une fois de plus de
Samuel Chapdelaine à Maria, qui détourna mo-
destement les yeux.

« Remontez-vous aujourd'hui?   interrogea-
t-il.

— Oui; de suite après dîner.

— Je suis content de vous avoir vu, parce
que je vais passer près de chez vous, en haut
de la rivière, dans deux ou trois semaines, dès
que la glace sera descendue. Je suis icitte avec
des Belges qui vont acheter des pelleteries aux
sauvages; nous commencerons à remonter à la
première eau claire, et si nous nous tentons
près de votre terre, au-dessus des chutes, j'irai
veiller un soir.

— C'est correct, François; on t'attendra. »

Les aunes formaient un long buisson épais le long de la rivière Péribonka; mais leurs branches dénudées ne cachaient pas la chute abrupte de la berge, ni la vaste plaine d'eau glacée, ni la lisière sombre du bois qui serrait de près l'autre rive, ne laissant entre la désolation touffue des grands arbres droits et la désolation nue de l'eau figée que quelques champs étroits, souvent encore semés de souches, si étroits en vérité qu'ils semblaient étrangler sous la poigne du pays sauvage.

Pour Maria Chapdelaine, qui regardait toutes ces choses distraitement, il n'y avait rien là de désolant ni de redoutable. Elle n'avait jamais connu que des aspects comme ceux-là d'octobre à mai, ou bien d'autres plus frustes encore et plus tristes, plus éloignés des maisons et des cultures; et même tout ce qui l'entourait ce matin-là lui parut soudain adouci, illuminé par un réconfort, par quelque chose de précieux et de bon qu'elle pouvait maintenant attendre. Le printemps arrivait, peut-être... ou bien encore l'approche d'une autre raison de joie qui venait vers elle sans laisser deviner son nom.

Samuel Chapdelaine et Maria allèrent dîner avec leur parente Azalma Larouche, chez qui

ils avaient passé la nuit. Il n'y avait là avec
eux que leur hôtesse, veuve depuis plusieurs
années, et le vieux Nazaire Larouche, son beau-
frère. Azalma était une grande femme plate,
au profil indécis d'enfant, qui parlait très vite
et presque sans cesse tout en préparant le
repas dans la cuisine. De temps à autre, elle
s'arrêtait et s'asseyait en face de ses visiteurs,
moins pour se reposer que pour donner à
ce qu'elle allait dire une importance spéciale;
mais presque aussitôt l'assaisonnement d'un plat
ou la disposition des assiettes sur la table récla-
maient son attention, et son monologue se poursuivait au milieu des bruits de vaisselle et de
poêlons secoués.

La soupe aux pois fut bientôt prête et servie.
Tout en mangeant, les deux hommes parlèrent
de l'avancement de leurs terres et de l'état de la
glace du printemps.

« Vous devez être bons pour traverser à soir,
dit Nazaire Larouche, mais ce sera juste et je
calcule que vous serez à peu près les derniers.
Le courant est fort au-dessous de la chute, et il
a déjà plu trois jours.

— Tout le monde dit que la glace durera
encore longtemps, répliqua sa belle-sœur. Vous
avez beau coucher encore icitte à soir tous les
deux, et après souper les jeunes gens du village

viendront veiller. C'est bien juste que Maria ait
encore un peu de plaisir avant que vous l'emme-
niez là-haut dans le bois.

— Elle a eu suffisamment de plaisir à Saint-
Prime, avec des veillées de chants et de jeux
presque tous les soirs. Nous vous remercions,
mais je vais atteler de suite après le dîner,
pour arriver là-bas à bonne heure. »

Le vieux Nazaire Larouche parla du sermon
du matin, qu'il avait trouvé convaincant et
beau; puis, après un intervalle de silence, il
demanda brusquement :

« Avez-vous cuit? »

Sa belle-sœur, étonnée, le regarda quelques
instants et finit par comprendre qu'il demandait
ainsi du pain. Quelques instants plus tard, il
interrogea de nouveau :

« Votre pompe, elle marche-t-y bien? »

Cela voulait dire qu'il n'y avait pas d'eau sur
la table. Azalma se leva pour aller en chercher,
et derrière son dos le vieux adressa à Maria
Chapdelaine un clin d'œil facétieux.

« Je lui conte ça par paraboles, chuchota-t-il.
C'est plus poli. »

Les murs de planches de la maison étaient
tapissés avec de vieux journaux, ornés de calendriers distribués par les fabricants de machines
agricoles ou les marchands de grain, et aussi de

gravures pieuses : une reproduction presque
sans perspective, en couleurs crues, de la basi-
lique de Sainte-Anne-de-Beaupré; le portrait du
pape Pie X, un chromo où la Vierge Marie
offrait aux regards avec un sourire pâle son
cœur sanglant et nimbé d'or.

« C'est plus beau que chez nous », songea
Maria.

Nazaire Latouche continuait à se faire servir
par paraboles.

« Votre cochon était-il ben maigre? » demandait-il; ou bien : « Vous aimez ça, vous, le
sucre du pays? Moi, j'aime ça sans raison... »

Azalma lui servait une seconde tranche de
lard ou tirait de l'armoire le pain de sucre
d'érable. Quand elle se fâcha de ses manières
inusitées et le somma de se servir lui-même
comme d'habitude, il l'apaisa avec des excuses
pleines de bonne humeur.

« C'est correct. C'est correct. Je ne le ferai
plus; mais vous aviez coutume d'entendre la
risée, Azalma. Il faut entendre la risée quand
on reçoit à sa table des jeunesses comme
moi. »

Maria sourit et songea que son père et lui
se ressemblaient un peu; tous deux hauts et
larges, gris de cheveux, des visages couleur de
cuir, et dans leurs yeux vifs la même éternelle

jeunesse que donne souvent aux hommes du
pays de Québec leur éternelle simplicité.

Ils partirent presque de suite après la fin du
repas. La neige fondue à la surface par les
premières pluies et gelant de nouveau sous le
froid des nuits était merveilleusement glis-
sante et fuyait sous les patins du traîneau.
Derrière eux les hautes collines bleues qui
bornaient l'horizon de l'autre côté du lac
Saint-Jean disparurent peu à peu à mesure
qu'ils remontaient la longue courbe de la
rivière.

En passant devant l'église, Samuel Chapdelaine dit pensivement :

« C'est beau la messe. J'ai souvent bien du
regret que nous soyons si loin des églises.
Peut-être que de ne pas pouvoir faire notre religion tous les dimanches, ça nous empêche d'être
aussi chanceux que les autres.

— Ce n'est pas notre faute, soupira Maria,
nous sommes trop loin! »

Son père secoua encore la tête d'un air de
regret. Le spectacle magnifique du culte, les
chants latins, les cierges allumés, la solennité
de la messe du dimanche le remplissaient
chaque fois d'une grande ferveur. Un peu plus
loin, il commença à chanter :

> J'irai la voir un jour,
> M'asseoir près de son trône,
> Recevoir ma couronne
> Et régner à mon tour...

Il avait la voix forte et juste et chantait à pleine gorge d'un air d'extase; mais bientôt ses yeux se fermèrent et son menton retomba sur sa poitrine peu à peu. La voiture ne manquait jamais de l'endormir, et son cheval, devinant l'assoupissement habituel du maître, ralentit et finit par prendre le pas.

« Marche donc, Charles-Eugène! »

Il s'était réveillé brusquement et étendit la main vers le fouet. Charles-Eugène reprit le trot, résigné. Plusieurs générations auparavant, un Chapdelaine avait nourri une longue querelle avec un voisin qui portait ces noms, et il les avait promptement donnés à un vieux cheval découragé et un peu boiteux qu'il avait, pour s'accorder la satisfaction de crier tous les jours, très fort, en passant devant la maison de son ennemi :

« Charles-Eugène, grand « malvenant »! Vilaine bête mal domptée! Marche donc, Charles-Eugène! »

Depuis un siècle, la querelle était finie et oubliée; mais les Chapdelaine avaient toujours continué à appeler leur cheval Charles-Eugène.

De nouveau le cantique s'éleva, sonore, plein de ferveur mystique :

> Au ciel, au ciel, au ciel
> J'irai la voir un jour...

Puis, une fois de plus, le sommeil fut le plus fort, la voix retomba, et Maria ramassa les guides que la main de son père avait laissées échapper.

Le chemin glacé longeait la rivière glacée. Sur l'autre rive les maisons s'espaçaient, pathétiquement éloignées les unes des autres, chacune entourée d'une étendue de terrain défriché. Derrière ce terrain, et des deux côtés, c'était le bois qui venait jusqu'à la berge : fond vert sombre et de cyprès, sur lequel quelques troncs de bouleaux se détachaient çà et là, blancs et nus comme les colonnes d'un temple en ruine.

De l'autre côté du chemin la bande de terre défrichée était plus large et continue; les maisons plus rapprochées semblaient prolonger le village en avant-garde; mais toujours derrière les champs nus la lisière des bois apparaissait et suivait comme une ombre, interminable bande sombre entre la blancheur froide du sol et le ciel gris.

« Charles-Eugène, marche un peu! »

Le père Chapdelaine s'était réveillé et étendait la main vers le fouet dans son geste habituel de menace débonnaire; mais quand le cheval ralentit de nouveau après quelques foulées plus vives, il s'était déjà rendormi, les mains ouvertes sur ses genoux et montrant les paumes luisantes de ses mitaines en cuir de cheval, le menton appuyé sur le cuir épais de son manteau.

Au bout de deux milles, le chemin escalada une côte abrupte et entra en plein bois. Les maisons qui depuis le village s'espaçaient dans la plaine s'évanouirent d'un seul coup, et la perspective ne fut plus qu'une cité de troncs nus sortant du sol blanc. Même l'éternel vert foncé des sapins, des épinettes et des cyprès se faisait rare; les quelques jeunes arbres vivants se perdaient parmi les innombrables squelettes couchés à terre et recouverts de neige, ou ces autres squelettes encore debout, décharnés et noircis. Vingt ans plus tôt les grands incendies avaient passé par là, et la végétation nouvelle ne faisait que poindre entre les troncs morts et les souches calcinées. Les buttes se succédaient, et le chemin courait de l'une à

l'autre en une succession de descentes et de
montées guère plus profondes que le profil d'une
houle de mer haute.

Maria Chapdelaine ajusta sa pelisse autour
d'elle, cacha ses mains sous la grande robe de
carriole en chèvre grise, et ferma à demi les
yeux. Il n'y avait rien à voir ici; dans les villages, les maisons et les granges neuves pouvaient s'élever d'une saison à l'autre, ou bien
se vider et tomber en ruine; mais la vie du
bois était quelque chose de si lent qu'il eût fallu
plus qu'une patience humaine pour attendre et
noter un changement.

Le cheval resta le seul être pleinement
conscient sur le chemin. Le traîneau glissait
facilement sur la neige dure, frôlant les souches
qui se dressaient des deux côtés au ras des
ornières; Charles-Eugène suivait exactement
tous les détours, descendait au grand trot les
courtes côtes et remontait la pente opposée d'un
pas lent, en bête d'expérience tout à fait capable
de mener ses maîtres au perron de leur maison
sans être importunée de commandement ni de
pesées des guides.

Quelques milles encore, et le bois s'ouvrit de
nouveau pour laisser reparaître la rivière. Le
chemin dévala la dernière butte du plateau
pour descendre presque au niveau de la glace.

Sur un mille de berge montante trois maisons s'espaçaient! mais celles-là étaient bien plus primitives encore que les maisons du village, et derrière elles on ne voyait presque aucun champ défriché, presque aucune trace des cultures de l'été, comme si elles n'avaient été bâties là qu'en témoignage de la présence des hommes.

Charles-Eugène tourna brusquement sur la droite, raidit ses jambes de devant pour ralentir dans la pente et s'arrêta net au bord de la glace. Le père Chapdelaine ouvrit les yeux.

« Tenez, « son » père, fit Maria, voilà les cordeaux! »

Il prit les guides, mais, avant de faire repartir son cheval, resta immobile quelques secondes, surveillant la surface de la rivière gelée.

« Il est venu un peu d'eau sur la glace, dit-il, et la neige a fondu; mais nous devons être bons pour traverser pareil. Marche, Charles-Eugène! »

Le cheval flaira la nappe blanche avant de s'y aventurer, puis s'en alla tout droit. Les ornières permanentes de l'hiver avaient disparu; les jeunes sapins plantés de distance en distance qui avaient marqué le chemin étaient presque tous tombés et gisaient dans la neige mi-fondue; en passant près de l'île, la glace craqua deux fois, mais sans fléchir. Charles-Eugène trottait allégrement vers la maison de Charles Lindsay, visible sur l'autre bord. Pourtant lorsque le traîneau arriva au milieu du courant, au-dessous de la grande chute, il dut ralentir à cause de la mince couche d'eau qui s'étendait là et détrempait la neige. Lentement ils approchèrent de la rive; il ne restait plus que trente pieds à franchir quand la glace commença à craquer de nouveau et ondula sous les pieds du cheval.

Le père Chapdelaine s'était mis debout, bien réveillé cette fois, les yeux vifs et résolus sous son casque de fourrure.

« Charles-Eugène, marche! Marche donc! » cria-t-il de sa grande voix rude.

Le vieux cheval planta dans la neige semi-liquide les crampons de ses sabots et s'en alla vers la rive par bonds, avec de grands coups de collier. Au moment où ils atterrissaient, une plaque de glace vira un peu sous les patins du traîneau et s'enfonça, laissant à sa place un trou d'eau claire.

Samuel Chapdelaine se retourna.

« Nous serons les derniers à traverser, cette saison », dit-il.

Et il laissa son cheval souffler un peu avant de monter la côte.

Bientôt après ils quittèrent le grand chemin pour un autre qui s'enfonçait dans les bois. Celui-là n'était guère plus qu'une piste rudimentaire encore encombrée de racines, et qui décrivait de petites courbes opportunistes pour éviter les rochers et les souches. Il grimpa une montée, serpenta sur un plateau au milieu du bois brûlé, laissant parfois un aperçu sur la descente du flanc abrupt, les masses de pierre du rapide, le versant opposé qui devenait plus haut et plus escarpé au-dessus de la chute, puis rentrant dans la désolation des arbres couchés à terre et des chicots noircis.

Des coteaux de pierre, une fois contournés, semblèrent se refermer derrière eux; les brûlés firent place à la foule sombre des épinettes et des sapins; les montagnes de la rivière Alec se montrèrent deux ou trois fois dans le lointain; et bientôt les voyageurs perçurent à la fois un espace de terre défriché, une fumée qui montait, les jappements d'un chien.

« Ils vont être contents de te revoir, Maria, dit le père Chapdelaine. Tout le monde s'est ennuyé de toi. »

II

L'HEURE du souper était venue que Maria
n'avait pas encore fini de répondre aux questions, de raconter, sans en omettre aucun, les
incidents de son voyage, de donner des nouvelles de Saint-Prime et de Péribonka, et toutes
les autres nouvelles qu'elle avait pu recueillir
au cours du chemin.

Tit'Bé, assis sur une chaise, en face de sa
sœur, fumait pipe sur pipe sans détourner les
yeux d'elle une seconde, craignant de laisser
échapper quelque révélation importante qu'elle
aurait tue jusque-là. La petite Alma-Rose,
debout près d'elle, la tenait par le cou; Télesphore écoutait aussi, tout en réparant avec
des ficelles l'attelage de son chien. La mère
Chapdelaine attisait le feu dans le grand
poêle de fonte, allait, venait, tirait de l'armoire
les assiettes et les couverts, le pain, le pichet

de lait, penchait au-dessus d'un pot de verre la grande jarre de sirop de sucre. Fréquemment elle s'interrompait pour interroger Maria ou l'écouter et restait songeuse quelques instants, les poings sur les hanches, revoyant par la pensée les villages dont elle entendait parler.

« ... Alors, l'église est finie : une belle église en pierre, avec des peintures en dedans et des châssis de couleur... Que ça doit donc être beau! Johnny Bouchard a bâti une grange neuve l'été dernier, et c'est une petite Perron, une fille d'Abélard Perron, de Saint-Jérôme, qui fait la classe... Huit ans que je n'ai pas été à Saint-Prime, quand on pense! C'est une belle paroisse, et qui m'aurait bien « adonné »; du beau terrain « planche » aussi loin qu'on peut voir, pas de crans ni de bois, rien que des champs carrés avec de bonnes clôtures droites, de la terre forte, et les chars à moins de deux heures de voiture... C'est peut-être péché de le dire; mais tout mon « règne », j'aurai du regret que ton père ait eu le goût de mouver si souvent et de pousser plus loin et toujours plus loin dans le bois, au lieu de prendre une terre dans une des vieilles paroisses. »

Par la petite fenêtre carrée elle contemplait avec mélancolie les quelques champs nus qui s'étendaient derrière la maison, la grange de

bois brut aux planches mal jointes, et plus loin
l'étendue de terre encore semée de souches, en
lisière de la forêt, qui ne faisait que laisser
espérer une récompense de foin ou de grain
aux longues patiences.

« Tiens, fit Alma-Rose, voilà Chien qui vient
se faire flatter aussi. »

Maria baissa les yeux vers le chien qui venait
lui mettre sur les genoux sa tête longue aux
yeux tristes, et elle le caressa avec des mots
d'amitié.

« Il s'est ennuyé de toi tout comme nous,
dit encore Alma-Rose. Tous les matins, il allait
regarder dans ton lit pour voir si tu n'étais pas
revenue. »

Elle l'appela à son tour.

« Viens, Chien; viens que je te flatte aussi. »

Chien allait de l'une à l'autre, docile, fermant
à moitié les yeux à chaque caresse. Maria
regarda autour d'elle, cherchant quelque changement à vrai dire improbable qui se fût fait
pendant son absence.

Le grand poêle à trois ponts occupait le milieu de la maison; un tuyau de tôle en sortait,
qui après une montée verticale de quelques
pieds décrivait un angle droit et se prolongeait
horizontalement jusqu'à l'extérieur, afin que
rien de la précieuse chaleur ne se perdît. Dans

un coin la grande armoire de bois; tout près, la table, le banc contre le mur, et de l'autre côté de la porte l'évier et la pompe. Une cloison partant du mur opposé semblait vouloir séparer cette partie de la maison en deux pièces; seulement elle s'arrêtait avant d'arriver au poêle et aucune cloison ne la rejoignait, de sorte que ces deux compartiments de la salle unique, chacun enclos de trois côtés, ressemblaient à un décor de théâtre, un de ces décors conventionnels dont on veut bien croire qu'ils représentent deux appartements distincts, encore que les regards des spectateurs les pénètrent tous les deux à la fois.

Le père et la mère Chapdelaine avaient leur lit dans un de ces compartiments; Maria et Alma-Rose dans l'autre. Dans un coin, un escalier droit menait par une trappe au grenier, où les garçons couchaient pendant l'été; l'hiver venu, ils descendaient leur lit en bas et dormaient à la chaleur du poêle avec les autres.

Accrochés au mur, des calendriers illustrés des marchands de Roberval ou de Chicoutimi; une image de Jésus enfant dans les bras de sa mère : un Jésus aux immenses yeux bleus dans une figure rose, étendant des mains potelées; une autre image représentant quelque sainte femme inconnue regardant le ciel d'un air d'extase; la première page d'un numéro de Noël d'un journal de Québec, pleine d'étoiles grosses comme des lunes et d'anges qui volaient les ailes repliées.

« As-tu été sage pendant que je n'étais pas là, Alma-Rose? »

Ce fut la mère Chapdelaine qui répondit :

« Alma-Rose n'a pas été trop haïssable; mais Télesphore m'a donné du tourment. Ce n'est pas qu'il fasse bien du mal; mais les choses qu'il dit! On dirait que cet enfant-là n'a pas tout son génie. »

Télesphore s'affairait avec l'attelage du chien et prétendait ne pas entendre.

Les errements du jeune Télesphore constituaient le seul drame domestique que connût la maison. Pour s'expliquer à elle-même et pour lui faire comprendre à lui ses péchés perpétuels, la mère Chapdelaine s'était façonné une sorte de polythéisme compliqué, tout un monde surnaturel où des génies néfastes ou bienveillants le poussaient tour à tour à la faute et au repentir. L'enfant avait fini par ne se considérer lui-même que comme un simple champ clos, où des démons assurément malins et des anges bons mais un peu simples se livraient sans fin un combat inégal.

Devant le pot de confitures vide il murmurait
d'un air sombre :

« C'est le démon de la gourmandise qui m'a
tenté. »

Rentrant d'une escapade avec des vêtements
déchirés et salis, il expliquait, sans attendre
des reproches :

« Le démon de la désobéissance m'a fait faire
ça. C'est lui, certain! »

Et presque aussitôt il affirmait son indignation et ses bonnes intentions.

« Mais il ne faut pas qu'il y revienne, eh.
« sa » mère! Il ne faut pas qu'il y revienne. ce
méchant démon. Je prendrai le fusil à « son »
père et je le tuerai...

— On ne tue pas les démons avec un fusil,
prononçait la mère Chapdelaine. Quand tu sens
la tentation qui vient, prends ton chapelet et
dis des prières. »

Télesphore n'osait répondre; mais il secouait la tête d'un air de doute. Le fusil lui
paraissait à la fois plus plaisant et plus sûr et
il rêvait d'un combat héroïque, d'une longue
tuerie, dont il sortirait parfait et pur, délivré
à jamais des embûches du Malin.

Samuel Chapdelaine rentra dans la maison
et le souper fut servi. Les signes de croix autour
de la table; les lèvres remuant en des

« Benedicite » muets, Télesphore et Alma-Rose
récitant les leurs à haute voix; puis d'autres
signes de croix; le bruit des chaises et du banc
approchés, les cuillers heurtant les assiettes. Il
sembla à Maria qu'elle remarquait ces gestes et
ces sons pour la première fois de sa vie, après
son absence; qu'ils étaient différents des sons
et des gestes d'ailleurs et revêtaient une douceur et une solennité particulières d'être accom-
plis en cette maison isolée dans les bois.

Ils achevaient de souper lorsqu'un bruit de
pas se fit entendre au-dehors; Chien dressa les
oreilles, mais sans grogner.

« Un veilleux, dit la mère Chapdelaine. C'est
Eutrope Gagnon qui vient nous voir. »

La prophétie était facile puisque Eutrope
Gagnon était leur unique voisin. L'année pré-
cédente, il avait pris une concession à deux
milles de là avec son frère; ce dernier était
monté aux chantiers pour l'hiver, le laissant
seul dans la hutte de troncs bruts qu'ils avaient
élevée. Il apparut sur le seuil, son fanal à la
main.

« Salut un chacun, fit-il en ôtant son casque
de laine. La nuit était claire et il y a encore
une croûte sur la neige; alors puisque ça marchait bien, j'ai pensé que je viendrais veiller
et voir si vous étiez revenu. »

Malgré qu'il vînt pour Maria, comme chacun savait, c'est au père Chapdelaine seulement qu'il s'adressait, un peu par timidité et un peu par respect de l'étiquette paysanne. Il prit la chaise qu'on lui avançait.

« Le temps est doux; c'est tout juste s'il ne « mouille » pas. On voit que les pluies de printemps arrivent... »

C'était commencer ainsi une de ces conversations de paysans qui sont comme une interminable mélopée pleine de redites, chacun approuvant les paroles qui viennent d'être prononcées et y ajoutant d'autres paroles qui les répètent. Et le sujet en fut tout naturellement l'éternelle lamentation canadienne : la plainte sans révolte contre le fardeau écrasant du long hiver.

« Les animaux sont dans l'étable depuis la fin de septembre, et il ne reste quasiment plus rien dans la grange, dit la mère Chapdelaine. Hormis que le printemps arrive bientôt, je ne sais pas ce que nous allons faire.

— Encore trois semaines avant qu'on puisse les mettre dehors, pour le moins!

— Un cheval, trois vaches, un cochon et des moutons, sans compter les poules, c'est que ça mange », dit Tit'Bé d'un air de grande sagesse.

Il fumait et causait avec les hommes main-

tenant. de par ses quatorze ans, ses larges
épaules et sa connaissance des choses de la
terre. Huit ans plus tôt il avait commencé à
soigner les animaux et à rentrer chaque jour
dans la maison sur son petit traîneau la provision de bois nécessaire. Un peu plus tard il
avait appris à crier très fort : « Heulle!
Heulle! » derrière les vaches aux croupes
maigres, et : « Hue! Dia! » et « Harrié! » derrière les chevaux au labour, à tenir la fourche à
foin et à bâtir les clôtures de pieux. Depuis
deux ans il maniait tour à tour la hache et la
faux à côté de son père, conduisait le grand traîneau à bois sur la neige dure, semait et mois-
sonnait sans conseil; de sorte que personne ne
lui contestait plus le droit d'exprimer librement
son avis et de fumer incessamment le fort tabac
en feuilles. Il avait encore sa figure imberbe
d'enfant, aux traits indécis, des yeux candides,
et un étranger se fût probablement étonné de
l'entendre parler avec une lenteur mesurée de
vieil homme plein d'expérience et de le voir
bourrer éternellement sa pipe de bois; mais au
pays de Québec les garçons sont traités en
hommes dès qu'ils prennent part au travail des
hommes, et de leur usage précoce du tabac ils
peuvent toujours donner comme raison que
c'est une défense contre les terribles insectes

harcelants de l'été : moustiques, maringouins et mouches noires.

« Que ce doit donc être plaisant de vivre dans un pays où il n'y a presque pas d'hiver, et où la terre nourrit les hommes et les animaux. Icitte c'est l'homme qui nourrit les animaux et la terre, à force de travail. Si nous n'avions pas Esdras et Da'Bé dans le bois, qui gagnent de « bonnes » gages, comment ferions-nous?

— Pourtant la terre est bonne par icitte, fit Eutrope Gagnon.

— La terre est bonne; mais il faut se battre avec le bois pour l'avoir; et pour vivre il faut économiser sur tout et besogner du matin au soir, et tout faire soi-même, parce que les autres maisons sont si loin. »

La mère Chapdelaine se tut et soupira. Elle pensait toujours avec regret aux vieilles paroisses où la terre est défrichée et cultivée depuis longtemps, et où les maisons sont proches les unes des autres, comme à une sorte de paradis perdu.

Son mari serra les poings et hocha la tête d'un air obstiné.

« Attends quelques mois seulement... Quand les garçons seront revenus du bois, nous allons nous mettre au travail, eux deux, Tit'Bé et

moi, et nous allons faire de la terre. A quatre
hommes bons sur la hache et qui n'ont pas peur
de l'ouvrage, ça marche vite, même dans le bois
dur. Dans deux ans d'ici nous aurons du grain et
du pacage de quoi nourrir bien des animaux.
Je te dis que nous allons faire de la terre... »

Faire de la terre! C'est la forte expression
du pays, qui exprime tout ce qui gît de travail
terrible entre la pauvreté du bois sauvage et la
fertilité finale des champs labourés et semés.
Samuel Chapdelaine en parlait avec une flamme
d'enthousiasme et d'entêtement dans les yeux.

C'était sa passion à lui : une passion d'homme
fait pour le défrichement plutôt que pour la
culture. Cinq fois déjà depuis sa jeunesse il
avait pris une concession, bâti une maison, une
étable et une grange, taillé en plein bois un
bien prospère; et cinq fois il avait vendu ce
bien pour s'en aller recommencer plus loin vers
le nord, découragé tout à coup, perdant tout
intérêt et toute ardeur une fois le premier
labour rude fini, dès que les voisins arrivaient
nombreux et que le pays commençait à se peu-
pler et à s'ouvrir. Quelques hommes le compre-
naient; les autres le trouvaient courageux
mais peu sage, et répétaient que s'il avait su
se fixer quelque part, lui et les siens seraient
maintenant à leur aise.

A leur aise... O Dieu redoutable des Ecri-
tures, que tous ceux du pays de Québec adorent
sans subtilité ni doute, toi qui condamnas tes
créatures à gagner leur pain à la sueur de leur
front, laisses-tu s'effacer une seconde le pli
sévère de tes sourcils, lorsque tu entends dire
que quelques-unes de ces créatures sont affran-
chies, et qu'elles sont enfin à leur aise?

A leur aise... Il faut avoir besogné durement
de l'aube à la nuit avec son dos et ses membres
pour comprendre ce que cela veut dire; et les
gens de la terre sont ceux qui le comprennent
le mieux. Cela veut dire le fardeau retiré : le
pesant fardeau de travail et de crainte. Cela
veut dire une permission de repos qui, même
lorsqu'on n'en use pas, est comme une grâce de
tous les instants. Pour les vieilles gens cela veut
dire un peu d'orgueil approuvé de tous, la
révélation tardive de douceurs inconnues, une
heure de paresse, une promenade au loin, une
gourmandise ou un achat sans calcul inquiet,
les cent complaisances d'une vie facile.

Le cœur humain est ainsi fait que la plupart
de ceux qui ont payé la rançon et ainsi conquis
la liberté — l'aise — se sont, en la conquérant,
façonné une nature incapable d'en jouir, et
continuent leur dure vie jusqu'à la mort; et
c'est à ces autres, mal doués ou malchanceux

qui n'ont pu se racheter, eux, et restent esclaves,
que l'aise apparaît avec toutes ses grâces
d'état, inaccessible.

Peut-être les Chapdelaine pensaient-ils à cela
et chacun à sa manière; le père avec l'opti-
misme invincible d'un homme qui se sait
fort et se croit sage; la mère avec un regret résigné; et les autres, les jeunes, d'une façon plus
vague et sans amertume, à cause de la longue
vie assurément heureuse qu'ils voyaient devant
eux.

Maria regardait parfois à la dérobée Eutrope
Gagnon, et puis détournait aussitôt les yeux
très vite, parce que chaque fois elle surprenait
ses yeux à lui fixés sur elle, pleins d'une adoration humble. Depuis un an elle s'était habi-
tuée sans déplaisir à ses fréquentes visites et à
recevoir chaque dimanche soir dans le cercle
des figures de la famille sa figure brune qui respirait la bonne humeur et la patience; mais
cette courte absence d'un mois semblait avoir
tout changé, et en revenant au foyer elle y
rapportait une impression confuse que commençait une étape de sa vie à elle où il n'aurait
point de part.

Quand les sujets ordinaires de conversation
furent épuisés, l'on joua aux cartes : au
« quatre-sept » et au « bœuf »; puis Eutrope

regarda sa grosse montre d'argent et vit·qu'il était temps de partir. Le fanal allumé, les adieux faits, il s'arrêta un instant sur le seuil pour sonder la nuit du regard.

« Il mouille! » fit-il.

Ses hôtes vinrent jusqu'à la porte et regardèrent à leur tour; la pluie commençait, une pluie de printemps aux larges gouttes pesantes, sous laquelle la neige commençait à s'ameublir et à fondre.

« Le « sudet » a pris, prononça le père Chapdelaine. On peut dire que l'hiver est quasiment fini. »

Chacun exprima à sa manière son soulagement et son plaisir; mais ce fut Maria qui resta le plus longtemps sur le seuil, écoutant le crépitement doux de la pluie, guettant la glissade indistincte du ciel sombre au-dessus de la masse plus sombre des bois, aspirant le vent tiède qui venait du sud.

« Le printemps n'est pas loin... Le printemps n'est pas loin... »

Elle sentait que depuis le commencement du monde il n'y avait jamais eu de printemps comme ce printemps-là.

III

Trois jours plus tard Maria entendit en ouvrant la porte au matin un son qui la figea quelques instants sur place, immobile, prêtant l'oreille. C'était un mugissement lointain et continu, le tonnerre des grandes chutes qui étaient restées glacées et muettes tout l'hiver.

« La glace descend, dit-elle en rentrant. On entend les chutes. »

Alors ils se mirent tous à parler une fois de plus de la saison qui s'ouvrait et des travaux qui allaient devenir possibles. Mai amenait une alternance de pluies chaudes et de beaux jours ensoleillés qui triomphait peu à peu du gel accumulé du long hiver. Les souches basses et les racines émergeaient, bien que l'ombre des sapins et des cyprès serrés protégeât la longue agonie des plaques de ne ge; les chemins se transformaient en fondrières; là où la mousse brune se montrait, elle était toute gonflée d'eau et pareille à une éponge. En d'autres pays c'était déjà le renouveau, le travail ardent de la sève, la poussée des bourgeons et bientôt des feuilles, mais le sol canadien, si loin vers le nord, ne faisait que se débarrasser avec effort de son lourd manteau froid avant de songer à revivre.

Dix fois, au cours de la journée, la mère Chapdelaine ou Maria ouvrirent la fenêtre pour goûter la tiédeur de l'air, pour écouter le chuchotement de l'eau courante en quoi s'évanouissait la dernière neige sur les pentes, et cette autre grande voix qui annonçait que la rivière Péribonka s'était libérée et charriait joyeusement vers le grand lac les bancs de glace venus du nord.

Au soir, le père Chapdelaine s'assit sur le seuil pour fumer, et dit pensivement :

« François Paradis va passer bientôt. Il a dit qu'il viendrait peut-être nous voir. »

Maria répondit : « Oui » très doucement, et bénit l'ombre qui cachait son visage.

Il vint dix jours plus tard, longtemps après la nuit tombée. Les femmes restaient seules à la maison avec Tit'Bé et les enfants, le père étant allé chercher de la graine de semence à Honfleur, d'où il ne reviendrait que le lendemain. Télesphore et Alma-Rose étaient couchés,

Tit'Bé fumait une dernière pipe avant la prière en commun, quand Chien jappa plusieurs fois et vint flairer la porte close. Presque aussitôt deux coups légers retentirent. Le visiteur attendit qu'on lui criât d'entrer et parut sur le seuil.

Il s'excusa de l'heure tardive, mais sans timidité.

« Nous avons campé au bout du portage, dit-il, en haut des chutes. Il a fallu monter la tente et installer les Belges pour la nuit. Quand je suis parti je savais bien que ce n'était quasiment plus l'heure de veiller et que les chemins à travers bois seraient mauvais pour venir. Mais je suis venu pareil, et quand j'ai vu la lumière... »

Ses grandes bottes indiennes disparaissaient sous la boue; il soufflait un peu entre ses paroles, comme un homme qui a couru; mais ses yeux clairs étaient tranquilles et pleins d'assurance.

« Il n'y a que Tit'Bé qui ait changé, fit-il encore. Quand vous avez quitté Mistassini il était haut de même... »

Son geste indiquait la taille d'un enfant. La mère Chapdelaine le regardait d'un air plein d'intérêt, doublement heureuse de recevoir une visite et de pouvoir parler du passé.

« Toi non plus tu n'as pas changé dans ces sept ans-là; pas en tout; mais Maria... sûrement, tu dois trouver une différence! »

Il contempla Maria avec une sorte d'étonnement.

« C'est que... je l'avais déjà vue l'autre jour à Péribonka. »

Son ton et son air exprimaient que, de l'avoir revue quinze jours plus tôt, cela avait effacé tout l'autrefois. Puisque l'on parlait d'elle, pourtant, il se prit à l'examiner de nouveau.

Sa jeunesse forte et saine, ses beaux cheveux drus, son cou brun de paysanne, la simplicité honnête de ses yeux et de ses gestes francs, sans doute pensa-t-il que toutes ces choses-là se trouvaient déjà dans la petite fille qu'elle était sept ans plus tôt, et c'est ce qui le fit secouer la tête deux ou trois fois comme pour dire qu'elle n'était vraiment pas changée. Seulement il se prit à penser en même temps que c'était lui qui avait dû changer, puisque maintenant sa vue lui poignait le cœur.

Maria souriait, un peu gênée, et puis après un temps elle releva bravement les yeux et se mit à le regarder aussi.

Un beau garçon assurément : beau de corps, à cause de sa force visible. et beau de visage à

cause de ses traits nets et de ses yeux téméraires... Elle se dit avec un peu de surprise
qu'elle l'avait cru différent, plus osé, parlant
beaucoup et avec assurance, au lieu qu'il ne
parlait guère, à vrai dire, et montrait en tout
une grande simplicité. C'était l'expression de sa
figure qui créait cette impression sans doute, et
son air de hardiesse ingénue.

La mère Chapdelaine reprit ses questions.

« Alors tu as vendu la terre quand ton père
est mort, François?

— Oui. J'ai tout vendu. Je n'ai jamais été
bien « bon » de la terre, vous savez. Travailler
dans les chantiers, faire la chasse, gagner un
peu d'argent de temps en temps à servir de
guide ou à commercer avec les sauvages, ça,
c'est mon plaisir, mais gratter toujours le même
morceau de terre, d'année en année. et rester
là, je n'aurais jamais pu faire ça tout mon
« règne », il m'aurait semblé être attaché comme
un animal à un pieu.

— C'est vrai, il y a des hommes comme cela.
Samuel, par exemple. et toi, et encore bien
d'autres. On dirait que le bois connaît des
magies pour vous faire venir... »

Elle secouait la tête en le regardant avec une
curiosité étonnée.

« Vous faire geler les membres l'hiver, vous

faire manger par les mouches l'été, vivre dans
une tente sur la neige ou dans un camp plein
de trous par où le vent passe, vous aimez
mieux cela que de faire tout votre règne tranquil-
lément sur une belle terre, là où il y a des
magasins et des maisons. Voyons, un beau morceau de terrain « planche », dans une vieille
paroisse, du terrain sans une souche ni un
creux, une bonne maison chaude toute tapissée
en dedans, des animaux gras daans le clos ou à
l'étable, pour des gens bien gréés d'instruments
et qui ont de la santé, y a-t-il rien de plus plaisant et de plus aimable? »

François Paradis regardait le plancher sans
répondre, un peu honteux peut-être de ses
goûts déraisonnables.

« C'est une belle vie pour ceux qui aiment
la terre, dit-il enfin, mais moi je n'aurais pas
été heureux. »

C'était l'éternel malentendu des deux races :
les pionniers et les sédentaires, les paysans venus
de France qui avaient continué sur le sol
nouveau leur idéal d'ordre et de paix immobile,
et ces autres paysans, en qui le vaste pays sauvage avait réveillé un atavisme lointain de vagabondage et d'aventure.

D'avoir entendu quinze ans durant sa mère
vanter le bonheur idyllique des cultivateurs des

vieilles paroisses, Maria en était venue tout
naturellement à s'imaginer qu'elle partageait ses
goûts; voici qu'elle n'en était plus aussi sûre.
Mais elle savait en tout cas qu'aucun des jeunes
gens riches de Saint-Prime, qui portaient le
dimanche des pelisses de drap fin à col de
fourrure, n'était l'égal de François Paradis
avec ses bottes carapacées de boue et son gilet
de laine usé.

En réponse à d'autres questions, il parla de
ses voyages sur la côte nord du golfe ou bien
dans le haut des rivières; il en parla simplement et avec un peu d'hésitation, ne sachant
trop ce qu'il fallait dire et ce qu'il fallait taire,
parce qu'il s'adressait à des gens qui vivaient
en des lieux presque pareils à ceux-là, et d'une
vie presque pareille.

« Là-haut les hivers sont plus durs encore
qu'icitte et plus longs. On n'a que des chiens
pour atteler aux traîneaux, de beaux chiens
forts, mais malins et souvent rien qu'à moitié
domptés, et on les soigne une fois par jour seulement, le soir, avec du poisson gelé... Oui, il y
a des villages, mais presque pas de cultures; les
hommes vivent avec la chasse et la pêche...
Non : je n'ai jamais eu de trouble avec les sauvages; je me suis toujours bien accordé avec
eux. Ceux de la Mistassini et de la rivière

d'icitte je les connais presque tous, parce qu'ils venaient chez nous avant la mort de « son » père. Voyez-vous, il chassait souvent l'hiver, quand il n'était pas aux chantiers, et un hiver qu'il était dans le haut de la Rivière-aux-Foins, seul, voilà qu'un arbre qu'il abattait pour faire le feu a faussé en tombant, et ce sont des sauvages qui l'ont trouvé le lendemain par aventure, assommé et à demi gelé déjà, malgré que le temps était doux. Il était sur leur territoire de chasse, et ils auraient bien pu faire semblant de ne pas le voir et le laisser mourir là; mais ils l'ont chargé sur leur traîne et rapporté à leur tente, et ils l'ont soigné. Vous avez connu « son » père : c'était un homme « rough » et qui prenait un coup souvent, mais juste, et de bonne mémoire pour les services de même. Alors quand il a quitté ces sauvages-là, il leur a dit de venir le voir au printemps quand ils descendraient à la Pointe-Bleue avec leurs pelleteries : « François Paradis, de « Mistassini, il leur a dit, vous n'oublierez pas... « François Paradis. » Et quand ils se sont arrêtés au printemps en descendant la rivière, il les a logés comme il faut et ils ont emporté chacun en s'en allant une hache neuve, une belle couverte de laine et du tabac pour trois mois. Après ça, ils s'arrêtaient chez nous tous les printemps

et « son » père avait toujours le choix de leurs
plus belles peaux pour moins cher que les
agents des compagnies. Quand il est mort, ç'a
été tout pareil avec moi, parce que j'étais son
fils et que mon nom était pareil : François Paradis. Si j'avais eu plus de capital, j'aurais
pu faire gros d'argent avec eux... gros d'argent. »

Il semblait un peu confus d'avoir tant parlé,
et se leva pour partir.

« Nous redescendrons dans quelques semaines, et je tâcherai de m'arrêter plus longtemps, dit-il encore. C'est plaisant de se revoir! »

Sur le seuil, ses yeux clairs cherchèrent les
yeux de Maria, comme s'il voulait emporter un
message avec lui dans les « grands bois verts »
où il montait; mais il n'emporta rien. Elle crai-
gnait, dans sa simplicité, de s'être montrée
déjà trop audacieuse, et tint obstinément les
yeux baissés, tout comme les jeunes filles riches
qui reviennent avec des mines de pureté inhumaine des couvents de Chicoutimi.

Quelques instants plus tard, les deux femmes
et Tit'Bé s'agenouillèrent pour la prière de
chaque soir. La mère Chapdelaine priait à
haute voix, très vite, et les deux autres voix lui
répondaient ensemble en un murmure indistinct. Cinq *Pater,* cinq *Ave,* les Actes, puis les
longues litanies pareilles à une mélopée.

« Sainte Marie, mère de Dieu, priez pour nous maintenant et à l'heure de notre mort...

« Cœur Immaculé de Jésus, ayez pitié de nous... »

La fenêtre était restée ouverte et laissait entrer le mugissement lointain des chutes. Les premiers moustiques du printemps, attirés par la lumière, entrèrent aussi et promenèrent dans la maison leur musique aiguë. Tit'Bé, les voyant, alla fermer la fenêtre, puis revint s'agenouiller à côté des autres.

« Grand saint Joseph, priez pour nous...

« Saint Isidore. priez pour nous... »

En se déshabillant, la prière finie, la mère Chapdelaine soupira d'un air de contentement :

« Que c'est donc plaisant de recevoir de la visite, alors qu'on ne voit presque qu'Eutrope Gagnon d'un bout de l'année à l'autre. Voilà ce que c'est que de rester si loin dans le bois... Du temps que j'étais fille, à Saint-Gédéon, la maison était pleine de veilleux quasiment tous les samedis soir et tous les dimanches : Adélard Saint-Onge, qui m'a courtisée si longtemps; Wilfrid Tremblay, le marchand, qui avait une si belle façon et essayait toujours de parler comme les Français; et d'autres... sans compter ton père, qui est venu nous voir quasiment

toutes les semaines pendant trois ans avant que
je me décide... »

Trois ans... Maria songea qu'elle n'avait
encore vu François Paradis que deux fois dans
toute sa vie de jeune fille et elle se sentait
honteuse de son émoi.

IV

Avec juin le vrai printemps vint brusquement, après quelques jours froids. Le soleil brutal chauffa la terre et les bois, les dernières plaques de neige s'évanouirent, même à l'ombre des arbres serrés; la rivière Péribonka grimpa peu à peu le long de ses hautes berges rocheuses et vint noyer les buissons d'aunes et les racines des premières épinettes; une boue prodigieuse emplit les chemins. La terre canadienne se débarrassa des derniers vestiges de l'hiver avec une sorte de rudesse hâtive, comme par crainte de l'autre hiver qui venait déjà.

Esdras et Da'Bé Chapdelaine revinrent des chantiers où ils avaient travaillé tout l'hiver. Esdras était l'aîné de tous, un grand garçon au corps massif, brun de visage, noir de cheveux, à qui son front bas et son menton renflé fai-

saient un masque néronien, impérieux, un peu
brutal; mais il parlait doucement, pesant ses
mots, et montrant en tout une grande patience.
D'un tyran il n'avait assurément que le visage,
comme si le froid des longs hivers et la bonne
humeur raisonnable de sa race fussent entrés
en lui pour lui faire un cœur simple, doux, et
qui mentait à son aspect redoutable.

Da'Bé était aussi grand, mais plus mince, vif
et gai, et ressemblait à son père.

Les époux Chapdelaine avaient donné aux
deux premiers de leurs enfants, Esdras et Maria,
de beaux noms majestueux et sonores; mais
après ceux-là ils s'étaient lassés sans doute de
tant de solennité, car les deux suivants n'avaient
jamais entendu prononcer leurs noms véri-
tables : on les avait toujours appelés Da'Bé et
Tit'Bé, diminutifs enfantins et tendres. Les
derniers, pourtant, avaient été baptisés avec
un retour de cérémonie : Télesphore... Alma-
Rose...

« Quand les garçons seront revenus nous
allons faire de la terre », avait dit le père.

Ils s'y mirent en effet sans tarder, avec l'aide
d'Edwige Légaré, leur « homme engagé ».

Au pays de Québec l'orthographe des noms
et leur application sont devenues des choses
incertaines. Une population dispersée dans un

vaste pays demi-sauvage, illettrée pour la
majeure part et n'ayant pour conseillers que ses
prêtres, s'est accoutumée à ne considérer des
noms que leur son, sans s'embarrasser de ce que
peut être leur aspect écrit ou leur genre. Naturellement la prononciation a varié de bouche
en bouche et de famille en famille, et lorsqu'une circonstance solennelle force enfin à
avoir recours à l'écriture, chacun prétend épeler
son nom de baptême à sa manière, sans
admettre un seul instant qu'il puisse y avoir
pour chacun de ces noms un canon impérieux.
Des emprunts faits à d'autres langues ont
encore accentué l'incertitude en ce qui concerne
l'orthographe ou le sexe. On signe Denise, ou
Denije ou Deneije; Conrad ou Courade; des
hommes s'appellent Herménégilde, Aglaé,
Edwige...

Edwige Légaré travaillait pour les Chapdelaine tous les étés, depuis onze ans, en qualité
d'homme engagé. C'est-à-dire que pour un
salaire de vingt piastres par mois il s'attelait
chaque jour de quatre heures du matin à neuf
heures du soir à toute besogne à faire, et y
apportait une sorte d'ardeur farouche qui ne
s'épuisait jamais; car c'était un de ces hommes
qui sont constitutionnellement incapables de
rien faire sans donner le maximum de leur

force et de l'énergie qui est en eux, en un
spasme rageur toujours renouvelé. Court, large,
il avait des yeux d'un bleu étonnamment
clair — chose rare au pays de Québec —, à la
fois aigus et simples, dans un visage couleur
d'argile surmonté de cheveux d'une teinte
presque pareille et éternellement haché de cou-
pures. Car il se rasait deux ou trois fois la
semaine, par une inexplicable coquetterie, et
toujours le soir, devant le morceau de miroir
pendu au-dessus de la pompe, à la lueur falote
de la petite lampe, promenant le rasoir sur sa
barbe dure avec des grognements d'effort et de
peine. Vêtu d'une chemise et de pantalons en
étoffe du pays, d'un brun terreux, chaussé de
grandes bottes poussiéreuses, il était en vérité
tout entier couleur de terre, et son visage
n'exprimait qu'une rusticité terrible.

Le père Chapdelaine, ses trois fils et son
homme engagé commencèrent donc à faire de la
terre.

Le bois serrait encore de près les bâtiments
qu'ils avaient élevés eux-mêmes quelques
années plus tôt; la petite maison carrée, la
grange de planches mal jointes, l'étable de
troncs bruts entre lesquels on avait forcé des
chiffons et de la terre.

Entre les quelques champs déjà défrichés, nus,

et la lisière de grands arbres au feuillage
sombre s'étendait un vaste morceau de terrain
que la hache n'avait que timidement entamé.
Quelques troncs verts avaient été coupés et uti-
lisés comme pièces de charpente; des chicots
secs, sciés et fendus, avaient alimenté tout un
hiver le grand poêle de fonte; mais le sol était
encore couvert d'un chaos de souches, de
racines entremêlées, d'arbres couchés à terre,
trop pourris pour brûler, d'autres arbres morts
mais toujours debout au milieu d'un taillis
d'aunes.

Les cinq hommes s'acheminèrent un matin
vers cette pièce de terre et se mirent à l'ouvrage
de suite et sans un mot, car la tâche de chacun
avait été fixée d'avance.

Le père Chapdelaine et Da'Bé se postèrent
en face l'un de l'autre de chaque côté d'un
arbre debout et commencèrent à balancer en
cadence leurs haches à manche de merisier. Chacun d'eux faisait d'abord une coche profonde
dans le bois, frappant patiemment au même
endroit pendant quelques secondes, puis la
hache remonta brusquement attaquant le tronc
obliquement un pied plus haut et faisant voler
à chaque coup un copeau épais comme la main
et taillé dans le sens de la fibre. Quand leurs
deux entailles étaient près de se rejoindre,

l'un d'eux s'arrêtait et l'autre frappait plus
lentement, laissant chaque fois sa hache un
moment dans l'entaille; la lame de bois qui
tenait encore l'arbre debout par une sorte de
miracle cédait enfin, le tronc se penchait et les
deux bûcherons reculaient d'un pas et le
regardaient tomber, poussant un cri afin que
chacun se garât.

Edwige Légaré et Esdras s'avançaient alors
et lorsque l'arbre n'était pas trop lourd pour
leurs forces jointes ils le prenaient chacun par
un bout, croisant leurs fortes mains sous la ron-
deur du tronc, puis se redressaient, raidissant
avec peine l'échine et leurs bras qui cra-
quaient aux jointures et s'en allaient le porter
sur un des tas proches, à pas courts et chance-
lants, enjambant péniblement les autres arbres
encore couchés à terre. Quand ils jugeaient le
fardeau trop pesant Tit'Bé s'approchait, menant
le cheval Charles-Eugène qui traînait un
bat-cul auquel était attachée une forte chaîne;
la chaîne était enroulée autour du tronc et
assujettie, le cheval s'arc-boutait, et avec un
effort qui gonflait les muscles de ses hanches,
traînait sur la terre le tronc qui frôlait les
souches et écrasait les jeunes aunes.

A midi Maria sortit sur le seuil et annonça
par un long cri que le dîner était prêt. Les

hommes se redressèrent lentement parmi les souches. essuyant d'un revers de main les gouttes de sueur qui leur coulaient dans les yeux, et prirent le chemin de la maison.

La soupe aux pois fumait déjà dans les assiettes. Les cinq hommes s'attablèrent lentement. comme un peu étourdis par leur dur travail; mais à mesure qu'ils reprenaient leur souffle leur grande faim s'éveillait et bientôt ils commencèrent à manger avec avidité. Les deux femmes les servaient, remplissant les assiettes vides, apportant le grand plat de lard et de pommes de terre bouillies, versant le thé chaud dans les tasses. Quand la viande eut disparu. les dîneurs remplirent leurs soucoupes de sirop de sucre dans lequel ils trempèrent de gros morceaux de pain tendre; puis, bientôt rassasiés parce qu'ils avaient mangé vite et sans un mot, ils repoussèrent leurs assiettes et se renversèrent sur les chaises avec des soupirs de contentement, plongeant leurs mains dans leurs poches pour y chercher les pipes et les vessies de porc gonflées de tabac.

Edwige Légaré alla s'asseoir sur le seuil et répéta deux ou trois fois : « J'ai bien mangé... J'ai bien mangé... » de l'air d'un juge qui rend un arrêt impartial, après quoi il s'adossa au chambranle et laissa la fumée de sa pipe et le

regard de ses petits yeux pâles suivre dans l'air
le même vagabondage inconscient... Le père
Chapdelaine s'abandonna un peu sur sa chaise
et finit par s'assoupir; les autres fumèrent et
devisèrent de leur ouvrage.

« S'il y a quelque chose, dit la mère Chapdelaine, qui pourrait me consoler de rester si
loin dans le bois, c'est de voir mes hommes
faire un beau morceau de terre... Un beau morceau de terre qui a été plein de bois et de
chicots et de racines et qu'on revoit une quin-
zaine après nu comme la main, prêt pour la
charrue, je suis sûre qu'il ne peut rien y
avoir au monde de plus beau et de plus aimable
que ça... »

Les autres approuvèrent de la tête et restèrent silencieux quelque temps, savourant
l'image. Bientôt voici que le père Chapdelaine
se réveillait rafraîchi par son somme et prêt
pour la besogne; ils se levèrent et sortirent de
la maison.

L'espace sur lequel ils avaient travaillé le
matin restait encore semé de souches et embar-
rassé de buissons d'aunes. Ils se mirent à couper
et arracher les aunes, prenant les branches
par faisceaux dans leurs mains et les tranchant
à coups de hache, ou bien creusant le sol
autour des racines et arrachant l'arbuste entier

d'une seule tirée. Quand les aunes eurent disparu, il restait les souches.

Légaré et Esdras s'attaquèrent aux plus petites sans autre aide que leurs haches et de forts leviers de bois. A coups de hache, ils coupaient les racines qui rampaient à la surface du sol, puis enfonçaient un levier à la base du tronc et pesaient de toute leur force, la poitrine appuyée sur la barre de bois. Lorsque l'effort était insuffisant pour rompre les cent liens qui attachaient l'arbre à la terre, Légaré continuait à peser de tout son poids pour le soulever un peu, avec des grognements de peine, et Esdras reprenait sa hache et frappait furieusement au ras du sol, tranchant l'une après l'autre les dernières racines.

Plus loin les trois autres hommes manœuvraient l'arrache-souches auquel était attelé le cheval Charles-Eugène. La charpente en forme de pyramide tronquée était amenée au-dessus d'une grosse souche et abaissée, la souche attachée avec des chaînes passant sur une poulie, et à l'autre extrémité de la chaîne le cheval tirait brusquement, jetant tout son poids en avant et faisant voler les mottes de terre sous les crampons de ses sabots. C'était une courte charge désespérée, un élan de tempête que la résistance arrêtait souvent au bout de quelques pieds seulement comme la poigne d'une main brutale; alors les épaisses lames d'acier des haches montaient de nouveau, jetaient un éclair au soleil, retombaient avec un bruit sourd sur les grosses racines, pendant que le cheval soufflait quelques instants, les yeux fous, avant l'ordre bref qui le jetterait en avant de nouveau. Et après cela, il restait encore à traîner et rouler sur le sol vers les tas les grosses souches arrachées, à grand renfort de reins et de bras raidis et de mains souillées de terre, aux veines gonflées, qui semblaient lutter rageusement avec le tronc massif et les grosses racines torves.

Le soleil glissa vers l'horizon, disparut; le ciel prit de délicates teintes pâles au-dessus de la lisière sombre du bois, et l'heure du souper ramena vers la maison cinq hommes couleur de terre.

En les servant la mère Chapdelaine demanda cent détails sur le travail de la journée, et quand l'idée du coin de terre déblayé, magnifiquement nu, enfin prêt pour la culture, eut pénétré son esprit, elle montra une sorte d'extase mystique.

Les poings sur les hanches, dédaignant de s'attabler à son tour, elle célébra la beauté du monde telle qu'elle la comprenait : non pas la

beauté inhumaine, artificiellement échafaudée
par les étonnements des citadins. des hautes
montagnes stériles et des mers périlleuses, mais
la beauté placide et vraie de la campagne au
sol riche, de la campagne plate qui n'a pour
pittoresque que l'ordre des sillons parallèles et
la douceur des eaux courantes, de la campagne
qui s'offre nue aux baisers du soleil avec un
abandon d'épouse.

Elle se fit le chantre des gestes héroïques
des quatre Chapdelaine et d'Edwige Légaré, de
leur bataille contre la nature barbare et de
leur victoire de ce jour. Elle distribua les
louanges et proclama son légitime orgueil,
cependant que les cinq hommes fumaient silen-
cieusement leur pipe de bois ou de plâtre, immobiles comme des effigies après leur longue
besogne : des effigies couleur d'argile, aux yeux
creux de fatigue.

« Les souches sont dures, prononça enfin le
père Chapdelaine, les racines n'ont pas pourri
dans la terre autant que j'aurais cru. Je calcule
que nous ne serons pas clairs avant trois
semaines. »

Il questionnait du regard Légaré; celui-ci
approuva, grave.

« Trois semaines... Ouais, blasphème! C'est ça
que je calcule aussi. »

Ils se turent de nouveau, patients et résolus comme des gens qui commencent une longue guerre.

Le printemps canadien n'avait encore connu que quelques semaines de vie que l'été du calendrier venait déjà; et il sembla que la divinité qui réglementait le climat du lieu donnât soudain à la marche naturelle des saisons un coup de pouce auguste, afin de rejoindre une fois de plus dans leur cycle les contrées heureuses du sud. Car la chaleur arriva soudain, torride, une chaleur presque aussi démesurée que l'avait été le froid de l'hiver. Les cimes des épinettes et des cyprès, oubliées par le vent, se figèrent dans une immobilité perpétuelle; au-dessus de leur ligne sombre s'étendit un ciel auquel l'absence de nuages donnait une apparence immobile aussi, et de l'aube à la nuit le soleil brutal rôtit la terre.

Les cinq hommes continuaient le travail, et de jour en jour la clairière qu'ils avaient faite s'étendait un peu plus grande derrière eux, nue, semée de déchirures profondes qui montraient la bonne terre.

Maria alla leur porter de l'eau un matin.

Le père Chapdelaine et Tit'Bé coupaient des aunes; Da'Bé et Esdras mettaient en tas les arbres coupés. Edwige Légaré s'était attaqué seul

à une souche; une main contre le tronc, de
l'autre il avait saisi une racine comme on saisit
dans une lutte la jambe d'un adversaire
colossal, et il se battait contre l'inertie alliée
du bois et de la terre en ennemi plein de haine
que la résistance enrage. La souche céda tout
à coup, se coucha sur le sol; il se passa la
main sur le front et s'assit sur une racine, couvert de sueur, hébété par l'effort. Quand
Maria arriva près de lui avec le seau à demi
plein d'eau, les autres ayant bu, il était
encore immobile, haletant, et répétait d'un air
égaré :

« Je perds connaissance... Ah! je perds
connaissance. »

Mais il s'interrompit en la voyant venir et
poussa un rugissement :

« De l'eau « frette »! Blasphème! Donnez-moi
de l'eau frette! »

Il saisit le seau, en vida la moitié, se versa
le reste sur la tête et dans le cou et aussitôt,
ruisselant, se jeta de nouveau sur la souche
vaincue et commença à la rouler vers un des
tas comme on emporte une prise.

Maria resta là quelques instants, regardant
le labeur des hommes et le résultat de ce labeur,
plus frappant de jour en jour, puis elle
reprit le chemin de la maison, balançant le

seau vide, heureuse de se sentir vivante et
forte sous le soleil éclatant, songeant confusément aux choses heureuses qui étaient en
route et ne pouvaient manquer de venir bientôt, si elle priait avec assez de ferveur et de
patience.

Déjà loin, elle entendait encore les voix des
hommes qui la suivaient, se répercutant au-dessus de la terre durcie par la chaleur. Esdras,
les mains déjà jointes sous un jeune cyprès
tombé, disait d'un ton placide :

« Tranquillement... ensemble! »

Légaré se colletait avec quelque nouvel adversaire inerte, et jurait d'une voix étouffée.

« Blasphème! Je te ferai bien grouiller,
moué... »

Son halètement s'entendait aussi, presque
aussi fort que ses paroles. Il soufflait une
seconde, puis se ruait de nouveau à la bataille,
raidissant les bras, tordant ses larges reins.

Et une fois de plus sa voix s'élevait en
jurons et en plaintes.

« Je te dis que je t'aurai... Ah! ciboire! Qu'il
fait donc chaud... On va mourir... »

Sa plainte devenait un grand cri.

« Boss! On va mourir à faire de la terre! »

La voix du père Chapdelaine lui répondait,
un peu étranglée, mais joyeuse.

« Toffe, Edwige, toffe. La soupe aux pois sera bientôt prête. »

Bientôt en effet Maria sortait de nouveau sur le seuil, et, les mains ouvertes de chaque côté de la bouche pour envoyer plus loin le son, elle annonçait le dîner par un grand cri chantant.

Vers le soir, le vent se réveilla et une fraîcheur délicieuse descendit sur la terre comme un pardon. Mais le ciel pâle restait vide de nuages.

« Si le beau temps continue, dit la mère Chapdelaine, les bleuets seront mûrs pour la fête de sainte Anne. »

V

Le beau temps continua et dès les premiers jours de juillet les bleuets mûrirent.

Dans les brûlés, au flanc des coteaux pierreux, partout où les arbres plus rares laissaient passer le soleil, le sol avait été jusque-là presque uniformément rose, du rose vif des fleurs qui couvraient les touffes de bois de charme; les premiers bleuets, roses aussi, s'étaient confondus avec ces fleurs; mais sous la chaleur persistante ils prirent lentement une teinte bleu pâle, puis bleu de roi, enfin bleu violet, et quand juillet ramena la fête de sainte Anne, leurs plants chargés de grappes formaient de larges taches bleues au milieu du rose des fleurs de bois de charme qui commençaient à mourir.

Les forêts du pays de Québec sont riches en

baies sauvages; les atocas, les grenades, les raisins de cran, la salsepareille ont poussé librement dans le sillage des grancs incendies; mais le bleuet, qui est la luce ou myrtille de France, est la plus abondante de toutes les baies et la plus savoureuse. Sa cueillette constitue de juillet à septembre une véritable industrie pour les familles nombreuses qui vont passer toute la journée dans le bois, théories d'enfants de toutes tailles balançant des seaux d'étain vides le matin, emplis et pesants le soir. D'autres ne cueillent les bleuets que pour eux-mêmes, afin d'en faire des confitures ou les tartes fameuses qui sont le dessert national du Canada français.

Deux ou trois fois au début de juillet Maria alla cueillir des bleuets avec Télesphore et Alma-Rose; mais l'heure de la maturité parfaite n'était pas encore venue, et le butin qu'ils rapportèrent suffit à peine à la confection de quelques tartes de proportions dérisoires.

« Le jour de la fête de sainte Anne, dit la mère Chapdelaine en guise de consolation, nous irons tous en cueillir; les hommes aussi, et ceux qui n'en rapporteront pas une pleine chaudière n'en mangeront pas. »

Mais le samedi soir, qui était la veille de la fête de sainte Anne, fut pour les Chapdelaine

une veillée mémorable et telle que leur maison
dans les bois n'en avait pas encore connue.

Quand les hommes revinrent de l'ouvrage,
Eutrope Gagnon était déjà là. Il avait soupé,
disait-il, et pendant que les autres prenaient
leur repas, il resta assis près de la porte, se
balançant sur deux pieds de sa chaise dans le
courant d'air frais. Les pipes allumées, la conversation roula naturellement sur les travaux de
la terre et le soin du bétail.

« A cinq hommes, dit Eutrope, on fait gros
de terre en peu de temps. Mais quand on travaille seul comme moi, sans cheval pour traîner
les grosses pièces, ça n'est pas guère d'avant
et on a de la misère. Mais ça avance pareil, ça
avance. »

La mère Chapdelaine, qui l'aimait et que
l'idée de son labeur solitaire pour la bonne
cause remplissait d'ardente sympathie, prononça
des paroles d'encouragement.

« Ça ne va pas si vite seul, c'est vrai; mais
un homme seul se nourrit sans grande dépense,
et puis votre frère Egide va revenir de la drave
avec deux, trois cents piastres pour le moins,
en temps pour les foins et la moisson, et si vous
restez tous les deux icitte l'hiver prochain,
dans moins de deux ans vous aurez une belle
terre. »

Il approuva de la tête et involontairement son regard se leva sur Maria, impliquant que d'ici à deux ans, si tout allait bien, il pourrait songer peut-être...

« La drave marche-t-elle bien? demanda Esdras. As-tu des nouvelles de là-bas?

— J'ai eu des nouvelles par Ferdina Larouche, un des garçons de Thadée Larouche de Honfleur, qui est revenu de la Tuque le mois dernier. Il a dit que ça allait bien; les hommes n'avaient pas trop de misère. »

Les chantiers, la drave, ce sont les deux chapitres principaux de la grande industrie du bois, qui pour les hommes de la province de Québec est plus importante encore que celle de la terre. D'octobre à avril les haches travaillent sans répit et les forts chevaux traînent les billots sur la neige jusqu'aux berges des rivières glacées; puis, le printemps venu, les piles de bois s'écroulent l'une après l'autre dans l'eau neuve et commencent leur longue navigation hasardeuse à travers les rapides. Et à tous les coudes des rivières, à toutes les chutes, partout où les innombrables billots bloquent et s'amoncellent, il faut encore le concours des draveurs forts et adroits, habitués à la besogne périlleuse, pour courir sur les troncs demi-submergés, rompre les barrages, aider tout

le jour avec la hache et la gaffe à la marche
heureuse des pans de forêt qui descendent.

« De la misère, s'exclama Légaré avec mépris.
Les jeunesses d'à présent ne savent pas ce que
c'est que d'avoir de la misère. Quand elles
ont passé trois mois dans le bois, elles se
dépêchent de redescendre et d'acheter des bot-
tines jaunes, des chapeaux durs et des cigarettes
pour aller voir les filles. Et même dans les chantiers, à cette heure, ils sont nourris pareil
comme dans les hôtels, avec de la viande et des
patates tout l'hiver. Il y a trente ans... »

Il se tut quelques instants et exprima d'un
seul hochement de tête les changements prodigieux qu'avaient amenés les années.

« Il y a trente ans, quand on a fait la ligne
pour amener les « chars » de Québec, j'étais là,
moué, et je vous dis que ça c'était de la
misère. Je n'avais que seize ans, mais je
bûchais avec les autres pour « clairer » la ligne,
toujours à vingt-cinq milles en avant du fer, et
je suis resté quatorze mois sans voir une maison. On n'avait pas de tentes non plus pendant
l'été : rien que des abris en branches de sapin
qu'on se faisait soi-même, et du matin à la nuit
c'était bûche, bûche, bûche, mangé par les
mouches et dans la même journée trempé de
pluie et rôti de soleil.

« Le lundi matin on ouvrait une poche de fleur et on se faisait des crêpes plein un siau, et tout le reste de la semaine, trois fois par jour pour manger, on allait puiser dans le siau. Le mercredi n'était pas arrivé qu'il n'y avait déjà plus de crêpes, parce qu'elles se collaient toutes ensemble; il n'y avait plus rien qu'un bloc de pâte. On se coupait un gros morceau de pâte avec son couteau, on se mettait ça dans le ventre, et puis bûche et bûche encore!...

« Quand on est arrivé à Chicoutimi, où les provisions venaient par eau, on était pire que les sauvages, quasiment tout nus, la peau toute déchirée par les branches, et j'en connais qui se sont mis à pleurer quand on leur a dit qu'ils pouvaient s'en retourner chez eux, parce qu'ils pensaient qu'ils allaient trouver tout le monde mort, tant ça leur avait paru long. Ça, c'était de la misère.

— C'est vrai, dit le père Chapdelaine, je me rappelle ce temps-là. Il n'y avait pas une seule maison en haut du lac : rien que des sauvages et quelques chasseurs qui montaient par là l'été en canot et l'hiver dans des traîneaux à chiens, quasiment comme aujourd'hui au Labrador. »

Les jeunes gens écoutaient avec curiosité ces récits d'autrefois.

« Et à cette heure, fit Esdras, nous voilà icitte à quinze milles en haut du lac, et quand le bateau de Roberval marche on peut descendre aux chars en douze heures de temps. »

Ils songèrent à cela pendant quelque temps sans parler : à la vie implacable d'autrefois, à la courte journée de voyage qui maintenant les séparait seulement des prodiges de la voie ferrée, et ils s'émerveillèrent avec sincérité.

Tout à coup Chien grogna sourdement; un bruit de pas se fit entendre au-dehors.

« Encore de la visite! » s'écria la mère Chapdelaine d'un ton d'étonnement joyeux.

Maria se leva aussi, émue, lissant ses cheveux sans y penser; mais ce fut Ephrem Surprenant, un habitant de Honfleur, qui ouvrit la porte.

« On vient veiller! » cria-t-il de toutes ses forces en homme qui annonce une grande nouvelle.

Derrière lui entra un inconnu qui saluait et souriait avec politesse.

« C'est mon neveu Lorenzo, annonça de suite Ephrem Surprenant, un garçon de mon frère Elzéar, qui est mort l'automne passé. Vous ne le connaissez pas; voilà longtemps qu'il a quitté le pays pour vivre aux Etats. »

L'on se hâta d'offrir une chaise au jeune

homme qui venait des Etats et son oncle se mit
en devoir d'établir avec certitude sa généalogie
des deux côtés et de donner tous les détails
nécessaires sur son âge, son métier et sa vie,
selon la coutume canadienne.

« Ouais, un garçon de mon frère Elzéar, qui
avait marié une petite Bourglouis, de Kiskising.
Vous avez dû connaître ça, vous, madame Chapdelaine? »

Du fond de sa mémoire la mère Chapdelaine
exhuma aussitôt le souvenir de plusieurs Surprenant et d'autant de Bourglouis et elle en
récita la liste avec leurs prénoms, leurs diverses
résidences successives et la nomenclature complète de leurs alliances.

« C'est ça... C'est bien ça. Eh bien, celui-
ci, c'est Lorenzo. Il travaille aux Etats
depuis plusieurs années dans les manufactures. »

Chacun examina de nouveau avec une curiosité simple Lorenzo Surprenant. Il avait une
figure grasse aux traits fins, des yeux tranquilles
et doux, des mains blanches; la tête un peu de
côté, il souriait poliment, sans ironie ni gêne,
sous les regards braqués.

« Il est venu, continuait son oncle, pour régler
les affaires qui restaient après la mort d'Elzéar
et pour essayer de vendre la terre.

— Il n'a pas envie de garder la terre et de se mettre habitant? » interrogea le père Chapdelaine.

Lorenzo Surprenant accentua son sourire et secoua la tête.

« Non. Ça ne me tente pas de devenir habitant; pas en tout. Je gagne de « bonnes » gages là où je suis; je me plais bien; je suis accoutumé à l'ouvrage... »

Il s'arrêta là, mais laissa paraître qu'après la vie qu'il avait vécue, et ses voyages, l'existence lui serait intolérable sur une terre entre un village pauvre et les bois.

« Du temps que j'étais fille, dit la mère Chapdelaine, c'était quasiment tout un chacun qui partait pour les Etats. La culture ne payait pas comme à cette heure, les prix étaient bas, on entendait parler des grosses gages qui se gagnaient là-bas dans les manufactures. et tous les ans c'étaient des familles et des familles qui vendaient leur terre presque pour rien et qui partaient du Canada. Il y en a qui ont gagné gros d'argent, c'est certain, surtout les familles où il y avait beaucoup de filles; mais à cette heure les choses ont changé et on n'en voit plus tant qui s'en vont.

— Alors vous allez vendre la terre?

— Ouais. On en a parlé avec trois Français

qui sont arrivés à Mistook le mois dernier; je
pense que ça va se faire.

— Et y a-t-il bien des **Canadiens** là où vous
êtes? Parle-t-on français?

— Là où j'étais en premier, dans l'Etat du
Maine, il y a plus de Canadiens que d'Amé-
ricains ou d'Irlandais; tout le monde parlait
français; mais à la place où je reste maintenant,
qui est dans l'Etat de Massachusetts, il y en a
moins. Quelques familles tout de même; on va
veiller le soir...

— Samuel a pensé à aller dans l'Ouest, un
temps, dit la mère Chapdelaine, mais je n'aurais jamais voulu. Au milieu du monde qui ne
parle que l'anglais, j'aurais été malheureuse
tout mon règne. Je lui ai toujours dit : « Sa-
« muel, c'est encore parmi les Canadiens que
« les Canadiens sont le mieux. »

Lorsque les Canadiens français parlent d'eux-
mêmes, ils disent toujours « Canadiens », sans
plus; et à toutes les autres races qui ont derrière
eux peuplé le pays jusqu'au Pacifique, ils ont
gardé pour parler d'elles leurs appellations
d'origine : Anglais, Irlandais, Polonais, ou
Russes, sans admettre un seul instant que leurs
fils, même nés dans le pays, puissent prétendre
aussi au nom de « Canadiens ». C'est là un titre
qu'ils se réservent tout naturellement et sans

intention d'offense, de par leur héroïque
antériorité.

« Et c'est-y une grosse place là où vous êtes?

— Quatre-vingt-dix mille, dit Lorenzo avec
une moue de modestie.

— Quatre-vingt-dix mille! Plus gros que
Québec!

— Oui. Et par les chars on n'est qu'à une
heure de Boston. Ça, c'est une vraie grosse
place. »

Alors il se mit à leur parler des grandes villes
américaines et de leurs splendeurs, de la vie
abondante et facile, pétrie de raffinements
inouïs, qu'y mènent les artisans à gros salaires.

On l'écouta en silence. Dans le rectangle de
la porte ouverte les dernières teintes cramoisies
du ciel se fondaient en nuances plus pâles,
auxquelles la masse indistincte de la forêt faisait un immense socle noir. Les maringouins
arrivaient en légions si nombreuses que leur
bourdonnement formait une clameur, une vaste
note basse qui emplissait la clairière comme un
mugissement.

« Télesphore, commanda le père Chapdelaine,
fais-nous de la boucane... Prends la vieille
chaudière. »

Télesphore prit le seau dont le fond commençait à se décoller, y tassa de la terre, puis le

remplit de copeaux secs et de brindilles qu'il alluma. Quand le feu monta en une flamme claire, il revint avec une brassée d'herbes et de feuilles dont il couvrit la flamme; une colonne de fumée âcre s'éleva, que le vent poussa dans la maison, chassant les innombrables moustiques affolés. Avec des soupirs de soulagement l'on put enfin goûter un peu de repos, interrompre la guérilla.

Le dernier maringouin vint se poser sur la figure de la petite Alma-Rose. Gravement elle récita les paroles sacramentelles :

« Mouche, mouche diabolique, mon nez n'est pas une place publique! »

Puis elle écrasa prestement la bestiole d'une tape.

La boucane entrait par la porte en une colonne oblique; une fois dans la maison, soustraite à la poussée du vent, elle enflait et se répandait en nuées ténues; les murs devinrent vagues et lointains; le groupe assis entre la porte et le poêle se réduisit à un cercle de figures brunes suspendues dans la fumée blanche.

« Salut un chacun! » fit une voix claire.

Et François Paradis émergea du nuage et parut sur le seuil.

Maria attendait sa venue depuis plusieurs semaines déjà. Une demi-heure plus tôt le bruit

de pas au-dehors lui avait fait monter le sang
aux tempes, et voici pourtant que la présence
de celui qu'elle attendait la frappait comme une
surprise émouvante.

« Donne donc ta chaise, Da'Bé! » s'exclama
la mère Chapdelaine.

Quatre visiteurs venus de trois points différents réunis chez elle, il n'en fallait pas plus
pour la remplir d'une agitation joyeuse. En
vérité ce serait une veillée mémorable.

« Hein! Tu dis toujours que nous sommes
perdus dans le bois et que nous ne voyons personne, triompha son mari. Compte : onze
grandes personnes. »

Toutes les chaises de la maison étaient occu-
pées; Esdras, Tit'Bé et Eutrope Gagnon occu-
paient le banc; le père Chapdelaine était assis
sur une chaise renversée; Télesphore et Alma-
Rose, du perron, surveillaient la boucane qui
montait toujours.

« Par exemple, s'écria Ephrem Surprenant,
ça fait bien des garçons et rien qu'une fille! »

L'on compta les garçons : les trois fils Chapdelaine, Eutrope Gagnon, Lorenzo Surprenant
et François Paradis. Quant à la fille... Tous les
regards convergèrent sur Maria, qui sourit faiblement et baissa les yeux, gênée.

« As-tu fait un bon voyage, François? Il a

remonté la rivière avec des étrangers qui allaient acheter des pelleteries aux sauvages », expliqua le père Chapdelaine.

Et il présenta formellement aux autres visiteurs François Paradis, fils de François Paradis de Saint-Michel-de-Mistassini.

Eutrope Gagnon le connaissait de nom; Ephrem Surprenant avait connu son père : « un grand homme », encore plus grand que lui, et d'une force « dépareillée ». Il ne restait plus à expliquer que la présence de Lorenzo Surprenant, qui venait des Etats, et tout fut en ordre.

« Un bon voyage? répondit François. Non, pas trop bon. Il y a un des Belges qui a pris les fièvres et qui a manqué en mourir. Après ça on se trouvait tard dans la saison; plusieurs familles de sauvages étaient déjà descendues à Sainte-Anne-de-Chicoutimi et on n'a pas pu les voir; et pour finir, ils ont chaviré un des canots à la descente en sautant un rapide et nous avons eu de la misère à repêcher les pelleteries, sans compter qu'un des « boss » a manqué de se noyer, celui qui avait eu les fièvres. Non, on a été malchanceux tout le long. Mais nous voilà revenus pareil, et ça fait toujours une « job » de faite. »

Il exprima par un geste qu'il avait fait son

ouvrage, reçu son salaire, et que les bénéfices ou
pertes éventuels lui importaient peu.

« Ça fait toujours une « job » de faite, répéta-
t-il lentement. Les Belges se dépêchaient pour
être de retour à Péribonka demain dimanche;
mais comme il restait un autre homme du pays
avec eux, je les ai laissés finir la descente seuls
pour venir veiller avec vous. C'est plaisant de
revoir les maisons! »

Son regard erra avec satisfaction sur l'intérieur pauvre empli de fumée et sur les gens
qui l'entouraient. Parmi toutes ces figures
brunes, hâlées par le grand air et le soleil, sa
figure était la plus brune et la plus hâlée; ses
vêtements montraient de nombreuses cicatrices;
un pan de son gilet de laine déchiré lui retom-
bait sur l'épaule; des mocassins avaient rem-
placé ses bottes de printemps. Il semblait avoir
apporté avec lui quelque chose de la nature
sauvage « en haut des rivières » où les
Indiens et les grands animaux se sont enfoncés
comme dans une retraite sûre. Et Maria, que
sa vie rendait incapable de comprendre la
beauté de cette nature-là, parce qu'elle était
si près d'elle, sentait pourtant qu'une magie
s'était mise à l'œuvre et lui envoyait la griserie
de ses philtres dans les narines.

Edras avait été chercher le jeu de cartes, des

cartes au dos rouge pâle, usées aux coins, parmi
lesquelles la dame de cœur, perdue, avait été
remplacée par un rectangle de carton rouge vif
qui portait l'inscription bien claire : « Dame de
cœur. »

L'on joua au quatre-sept. Les deux Surprenant. l'oncle et le neveu, avaient respectivement
la mère Chapdelaine et Maria comme parte-
naires; après chaque partie celui des couples
qui avait été battu quittait la table et faisait
place à deux autres joueurs. La nuit était tout à
fait tombée; par la fenêtre ouverte quelques
mouches pénétrèrent et promenèrent dans la
maison leur musique harcelante et leurs
piqûres.

« Télesphore! cria Esdras, guette la boucane;
voilà les mouches qui rentrent. »

Quelques minutes plus tard, la fumée emplissait de nouveau la maison, opaque, presque
étouffante, mais accueillie avec joie. La veillée
poursuivit son cours placide. Une heure de jeu,
quelques propos échangés avec des visiteurs qui
apportent des nouvelles du vaste monde, on
appelle encore cela du plaisir au pays de Québec.

Entre les parties, Lorenzo Surprenant entre-
tenait Maria de sa vie et de ses voyages; ou bien
il l'interrogeait sur sa vie à elle. Il ne songeait

pas à assumer d'airs prétentieux ni supérieurs, et pourtant elle se sentait gênée de trouver si peu de chose à dire et ne répondait qu'avec une sorte de honte.

Les autres causaient entre eux ou regardaient les joueurs. La mère Chapdelaine répétait les veillées innombrables qu'elle avait connues à Saint-Gédéon, du temps qu'elle était fille, et elle regardait l'un après l'autre avec un plaisir évident les trois jeunes hommes étrangers réunis sous son toit. Mais Maria s'asseyait à la table, maniait les cartes, puis retournait à quelque siège vide, près de la porte ouverte sans presque jamais regarder autour d'elle. Lorenzo Surprenant était constamment à côté d'elle et lui parlait; elle sentait aussi les regards d'Eutrope Gagnon passer souvent sur elle avec leur expression coutumière de guet patient; et de l'autre côté de la porte elle savait que François Paradis se tenait penché en avant, les coudes sur ses genoux, muet avec son beau visage rougi par le soleil et ses yeux intrépides.

« Maria n'a pas une bien belle façon à soir, dit la mère Chapdelaine comme pour l'excuser. Elle n'est guère accoutumée aux veilleux, voyez-vous... »

Si elle avait su!...

A quatre cents milles de là, en haut des

rivières, ceux des « sauvages » qui avaient fui
les missionnaires et les marchands étaient
accroupis autour d'un feu de cyprès sec, devant
leurs tentes, et promenaient leurs regards sur
un monde encore rempli pour eux comme aux
premiers jours de puissances occultes, mystérieuses : le Wendigo géant qui défend qu'on
chasse sur son territoire; les philtres malfaisants
ou guérisseurs que savent préparer avec des
feuilles et des racines les vieux hommes pleins
d'expérience; toute la gamme des charmes et
des magies. Et voici que sur la lisière du monde
blanc, à une journée des « chars », dans la maison de bois emplie de boucane âcre, un sorti-
lège impérieux flottait aussi avec la fumée et
parait de grâces inconcevables, aux yeux de trois
jeunes hommes, une belle fille simple qui regardait à terre.

La nuit avançait; les visiteurs s'en allèrent :
les deux Surprenant d'abord, puis Eutrope
Gagnon, et il ne resta plus que François Paradis, debout, qui semblait hésiter.

« Tu couches icitte à soir, François? » demanda le père Chapdelaine.

Sa femme n'attendit pas une réponse.

« Comme de raison! fit-elle. Et demain on
ira tous ramasser des bleuets. C'est la fête de
sainte Anne. »

Lorsque, quelques instants plus tard, François monta l'échelle avec les garçons, Maria en ressentit un plaisir ému. Il lui paraissait venir ainsi un peu plus près d'elle, et entrer dans le cercle des affections légitimes.

Le lendemain fut une journée bleue, une de ces journées où le ciel éclatant jette un peu de sa couleur claire sur la terre. Le jeune foin, le blé en herbe étaient d'un vert infiniment tendre, émouvant, et même le bois sombre semblait se teinter un peu d'azur.

François Paradis redescendit l'échelle au matin, métamorphosé, en des vêtements propres empruntés à Da'Bé et à Esdras, et quand il eut fait sa toilette et se fut rasé, la mère Chapdelaine le complimenta sur sa bonne mine.

Une fois le déjeuner du matin pris, tous récitèrent ensemble le chapelet à l'heure de la messe, et après cela le long loisir merveilleux du dimanche s'étendit devant eux. Mais le programme de la journée était déjà arrêté. Eutrope Gagnon arriva comme ils finissaient le dîner, qui avait été servi de bonne heure, et aussitôt après ils partirent tous, munis d'une multitude disparate de seaux, de plats et de gobelets d'étain.

Les bleuets étaient bien mûrs. Dans les brûlés, le violet de leurs grappes et le vert de leurs feuilles noyaient maintenant le rose éteint des dernières fleurs de bois de charme. Les enfants se mirent à les cueillir de suite avec des cris de joie; mais les grandes personnes se dispersèrent dans le bois, cherchant les grosses tales au milieu desquelles on peut s'accroupir et remplir un seau en une heure. Le bruit des pas sur les broussailles et dans les taillis d'aunes, les cris de Télesphore et d'Alma-Rose qui s'appelaient l'un l'autre, tous ces sons s'éloignèrent peu à peu et autour de chaque cueillette il ne resta plus que la clameur des mouches ivres de soleil et le bruit du vent dans les branches des jeunes bouleaux et des trembles.

« Il y a une belle tale icitte », appela une voix.

Maria se redressa, le cœur en émoi, et alla rejoindre François Paradis qui s'agenouillait derrière les aunes. Côte à côte ils ramassèrent des bleuets quelque temps avec diligence puis s'enfoncèrent ensemble dans le bois, enjambant les arbres tombés, cherchant du regard autour d'eux les taches violettes des baies mûres.

« Il n'y en a guère cette année, dit François. Ce sont les gelées de printemps qui les ont fait mourir. »

Il apportait à la cueillette son expérience de coureur des bois.

« Dans les creux et entre les aunes, la neige sera restée plus longtemps et les aura gardés des premières gelées. »

Ils cherchèrent et firent quelques trouvailles heureuses : de larges tales d'arbustes chargées de baies grasses, qu'ils égrenèrent industrieusement dans leurs seaux. Ceux-ci furent pleins en une heure; alors ils se relevèrent et s'assirent, sur un arbre tombé, pour se reposer.

D'innombrables moustiques et maringouins tourbillonnaient dans l'air brûlant de l'après-midi. A chaque instant il fallait les écarter d'un geste; ils décrivaient une courbe affolée et revenaient de suite, impitoyables, inconscients, uniquement anxieux de trouver un pouce carré de peau pour leur piqûre; à leur musique suraiguë se mêlait le bourdonnement des terribles mouches noires, et le tout emplissait le bois comme un grand cri sans fin Les arbres verts étaient rares : de jeunes bouleaux, quelques trembles, des taillis d'aunes agitaient leur feuillage au milieu de la colonnade des troncs dépouillés et noircis.

François Paradis regarda autour de lui comme pour s'orienter.

« Les autres ne doivent pas être loin, dit-il.

— Non », répondit Maria à voix basse.

Mais ni l'un ni l'autre ne poussa un cri d'appel.

Un écureuil descendit du tronc d'un bouleau mort et les guetta quelques instants de ses yeux vifs avant de se risquer à terre. Au milieu de la clameur ivre des mouches, les sauterelles pondeuses passaient avec un crépitement sec; un souffle de vent apporta à travers les aunes le grondement lointain des chutes.

François Paradis regarda Maria à la dérobée, puis détourna de nouveau ses yeux en serrant très fort ses mains l'une contre l'autre. Qu'elle était donc plaisante à contempler! D'être assis auprès d'elle, d'entrevoir sa poitrine forte, son beau visage honnête et patient, la simplicité franche de ses gestes rares et de ses attitudes, une grande faim d'elle lui venait et en même temps un attendrissement émerveillé, parce qu'il avait vécu presque toute sa vie rien qu'avec d'autres hommes, durement, dans les grands bois sauvages ou les plaines de neige.

Il sentait qu'elle était de ces femmes qui, lorsqu'elles se donnent, donnent tout sans compter : l'amour de leur corps et de leur cœur, la force de leurs bras dans la besogne de chaque jour, la dévotion complète d'un esprit sans détours. Et le tout lui paraissait si précieux qu'il avait peur de le demander.

« Je vais descendre à grand-mère la semaine prochaine, dit-il à mi-voix, pour travailler sur l'écluse à bois. Mais je ne prendrai pas un coup, Maria. pas un seul! »

Il hésita un peu et demanda abruptement, les yeux à terre :

« Peut-être... vous a-t-on dit quelque chose contre moi?

— Non.

— C'est vrai que j'avais coutume de prendre un coup pas mal, quand je revenais des chantiers et de la drave; mais c'est fini. Voyez-vous, quand un garçon a passé six mois dans le bois à travailler fort et à avoir de la misère et jamais de plaisir, et qu'il arrive à la Tuque ou à Jonquières avec toute la paie de l'hiver dans sa poche, c'est quasiment toujours que la tête lui tourne un peu : il fait de la dépense et il se met chaud, des fois... Mais c'est fini.

« Et c'est vrai aussi que je sacrais un peu. A vivre tout le temps avec des hommes « rough » dans le bois ou sur les rivières, on s'accoutume à ça. Il y a eu un temps que je sacrais pas mal, et M. le curé Tremblay m'a disputé une fois parce que j'avais dit devant lui que je n'avais pas peur du diable. Mais c'est fini, Maria. Je vais travailler tout l'été à deux piastres et demie par jour et je mettrai de l'argent de côté, certain. Et à l'automne je suis sûr de trouver une « job » comme foreman dans un chantier, avec de grosses gages. Au printemps prochain j'aurai plus de cinq cents piastres de sauvées, claires, et je reviendrai. »

Il hésita encore, et la question qu'il allait poser changea sur ses lèvres.

« Vous serez encore icitte... au printemps prochain?

— Oui. »

Et après cette simple question et sa plus simple réponse, ils se turent et restèrent longtemps ainsi, muets et solennels, parce qu'ils avaient échangé leurs serments.

VI

EN juillet les foins avaient commencé à mûrir, et quand le milieu d'août vint, il ne restait plus qu'à attendre une période de sécheresse pour les couper et les mettre en grange. Mais après plusieurs semaines de beau temps continu, les sautes de vent fréquentes, qui sont de règle dans la plus grande partie de la province de Québec, avaient repris.

Chaque matin les hommes examinaient le ciel et tenaient conseil.

« Le vent tourne au sudet. Blasphème! Il va mouiller encore, c'est clair », disait Edwige Légaré d'un air sombre.

Ou bien le père Chapdelaine examinait longuement les nuages blancs qui surgissaient l'un après l'autre au-dessus des arbres sombres, traversaient joyeusement la clairière et disparaissaient derrière les cimes de l'autre côté.

« Si le norouâ tient jusqu'à demain, on pourra commencer », prononçait-il.

Mais le lendemain le vent avait encore changé, et il semblait que les nuages allègres de la veille revinssent sous forme de longues nuées confuses et déchirées, pareilles aux débris d'une armée après la défaite.

La mère Chapdelaine prophétisa des malchances certaines.

« Je vous dis que nous n'aurons pas de beau temps pour les foins. Il paraît que dans le bas du lac il y a des gens de la même paroisse qui se sont fait des procès les uns aux autres. Le bon Dieu n'aime pas ça, c'est sûr. »

Mais la Divinité se montra enfin indulgente et le vent du nord-ouest souffla trois jours de suite, fort et continu, assurant une période de temps sans pluie. Les faux avaient été aiguisées longtemps d'avance, et les cinq hommes se mirent à l'ouvrage le matin du troisième jour. Légaré, Esdras et le père Chapdelaine fauchaient; Da'Bé et Tit-Bé les suivaient pas à pas avec les râteaux et mettaient de suite en tas le foin coupé. Vers le soir, tous les cinq prirent des fourches et firent les veilloches, hautes et bien tassées, en prévision d'une saute de vent possible. Mais le temps resta beau. Cinq jours durant ils continuèrent, balançant tout le

jour leurs faux de droite et de gauche avec
le grand geste ample qui paraît si facile chez
un faucheur exercé et qui constitue pourtant
le plus difficile à apprendre et le plus dur de
tous les travaux de la terre.

Les mouches et les maringouins jaillissaient
par milliers du foin coupé et les harcelaient
de leurs piqûres; le soleil ardent leur brûlait
la nuque et les gouttes de sueur leur brûlaient
les yeux; la fatigue de leurs dos toujours pliés
devenait telle vers le soir qu'ils ne se redressaient qu'avec des grimaces de peine. Mais ils
besognaient de l'aube à la nuit sans perdre une
seconde, abrégeant les repas, heureux et recon-
naissants du temps favorable.

Trois ou quatre fois par jour, Maria ou
Télesphore leur apportait un seau d'eau qu'ils
cachaient sous les branches pour la conserver
froide; et quand la chaleur, le travail et la pous-
sière de foin leur avaient par trop desséché le
gosier, ils allaient, chacun à son tour, boire de
grandes lampées d'eau et s'en verser sur les poignets ou sur la tête.

En cinq jours, tout le foin fut coupé, et
comme la sécheresse persistait, ils commencèrent
au matin du sixième jour à ouvrir et
retourner les veilloches qu'ils voulaient granger
avant le soir. Les faux avaient fini leur

besogne, et ce fut le tour des fourches. Elles
démolirent les veilloches, étalèrent le foin au
soleil, puis, vers la fin de l'après-midi, quand il
eut séché, elles l'amoncelèrent de nouveau en
tas de la grosseur exacte qu'un homme peut
soulever en une seule fois au niveau d'une haute
charrette déjà presque pleine.

Charles-Eugène tirait vaillamment entre les
brancards; la charrette s'engouffrait dans la
grange, s'arrêtait au bord de la tasserie, et les
fourches s'enfonçaient une fois de plus dans le
foin durement foulé, qu'elles enlevaient en
galettes épaisses, sous l'effort des poignets et des
reins, et déchargeaient au côté.

A la fin de la semaine tout le foin était dans
la grange, sec et d'une belle couleur, et les
hommes s'étirèrent et respirèrent longuement
comme s'ils sortaient d'une bataille.

« Il peut mouiller à cette heure, dit le père
Chapdelaine. Ça ne nous fera pas de différence. »

Mais il apparut que la période de sécheresse
n'avait pas été exactement calculée à leurs
besoins, car le vent continua à souffler du nord-
ouest et les jours ensoleillés ne cessèrent pas de
s'égrener, monotones.

Chez les Chapdelaine les femmes n'avaient
pas à participer aux travaux des champs. Le

père et ses trois grands fils, tous forts et adroits à la besogne, auraient suffi, et s'ils continuaient à employer Légaré et à lui payer un salaire, c'est qu'il avait commencé à travailler pour eux onze ans plus tôt, quand les enfants étaient tout jeunes, et ils le gardaient maintenant à moitié par habitude et à moitié parce qu'ils répugnaient à se priver des services d'un si terrible travailleur. Pendant le temps des foins Maria et sa mère n'eurent donc à faire que leur ouvrage habituel : la tenue de la maison, la confection des repas, la lessive et le raccommodage du linge, la traite des trois vaches et le soin des volailles, et une fois par semaine la cuisson du pain qui se prolongeait souvent tard dans la nuit.

Les soirs de cuisson, l'on envoyait Télesphore à la recherche des boîtes à pain, qui se trouvaient invariablement dispersées dans tous les coins de la maison ou du hangar, parce qu'elles avaient servi tous les jours à mesurer l'avoine du cheval ou le blé d'Inde aux poules, sans compter vingt autres usages inattendus qu'on leur trouvait à chaque instant. Lorsqu'elles étaient toutes rassemblées et nettoyées, la pâte levait déjà, et les femmes se hâtaient de se débarrasser des autres ouvrages pour abréger leur veillée.

Télesphore avait fait brûler dans le foyer d'abord quelques branches de cyprès gommeux, dont la flamme sentait la résine, puis de grosses bûches d'épinette rouge qui donnaient une chaleur égale et soutenue. Quand le four était chaud, Maria y rangeait les boîtes pleines de pâte, et après cela il ne restait plus qu'à surveiller le feu et à changer les boîtes de place au milieu de la cuisson.

Le four avait été bâti trop petit, cinq ans auparavant, et depuis la famille n'avait jamais manqué de parler toutes les semaines du four neuf qu'il était urgent de construire, et qui en vérité devait être commencé sans plus tarder; mais par une malchance sans cesse renouvelée, l'on oubliait à chaque voyage de faire venir le ciment nécessaire; de sorte qu'il fallait toujours deux et quelquefois trois fournées pour nourrir pendant une semaine les neuf bouches de la maison. Maria se chargeait invariablement de la « première » fournée; invariablement aussi, quand la deuxième fournée était prête et que la soirée s'avançait déjà, la mère Chapdelaine disait charitablement :

« Tu peux te coucher, Maria, je guetterai la deuxième cuite. »

Maria ne répondait rien; elle savait fort bien que sa mère allait tout à l'heure s'allonger

sur son lit tout habillée, pour se reposer un
instant, et qu'elle ne se réveillerait qu'au
matin. Elle se contentait donc de raviver la
boucane qu'on faisait tous les soirs dans le
vieux seau percé, enfournait la deuxième cuite
et venait s'asseoir sur le seuil, le menton dans
ses mains, gardant à travers les heures de la
nuit son inépuisable patience.

A vingt pas de la maison, le four, coiffé de
son petit toit de planches, faisait une tache
sombre; la porte du foyer ne fermait pas exactement et laissait passer un rai de lumière
rouge; la lisière noire du bois se rapprochait
un peu dans la nuit. Maria restait immobile,
goûtant le repos et la fraîcheur, et sentait mille
songes confus tournoyer autour d'elle comme un
vol de corneilles.

Autrefois cette attente dans la nuit n'était
qu'un demi-assoupissement, et elle ne cessait de
souhaiter patiemment que la cuisson achevée
lui permît le sommeil; depuis que François
Paradis avait passé, la longue veille hebdo-
madaire lui était plaisante et douce, parce
qu'elle pouvait penser à lui et à elle-même sans
que rien vînt interrompre le cours des choses
heureuses qu'elle imaginait. Elles étaient infiniment simples, ces choses, et n'allaient
guère loin. Il reviendrait au printemps; ce

retour, le plaisir de le revoir, les mots qu'il lui
dirait quand ils se trouveraient seuls de nouveau, les premiers gestes d'amour qui les
joindraient, il était déjà difficile à Maria de se
figurer clairement comment cela pouvait arriver.

Elle essayait pourtant. D'abord elle se répétait deux ou trois fois son nom entier, céré-
monieusement, tel que les autres le pronon-
çaient : François Paradis, de Saint-Michel-de-
Mistassini... François Paradis... Et tout à coup,
intimement : François.

C'est fait. Le voilà devant elle, avec sa haute
taille et sa force, sa figure cuite par le soleil et
la réverbération de la neige, et ses yeux
hardis. Il est revenu, heureux de la revoir et
heureux aussi d'avoir tenu ses promesses,
d'avoir vécu toute une année en garçon sage,
sans sacrer ni boire. Il n'y a pas encore de
bleuets à cueillir, puisque c'est le printemps;
mais ils trouvent quelque bonne raison pour
s'en aller ensemble dans le bois; il marche à
côté d'elle sans la toucher ni rien lui dire, à
travers le bois de charmes qui commence à se
couvrir de fleurs roses, et rien que le voisinage
est assez pour leur mettre un peu de fièvre aux
tempes et leur pincer le cœur.

Maintenant ils se sont assis sur un arbre
tombé, et voici qu'il parle.

« Vous êtes-vous ennuyée de moi, Maria? »
C'est assurément cela qu'il demandera
d'abord; mais elle ne peut pas aller plus loin
dans son rêve, parce que lorsqu'elle est arrivée
là une détresse l'arrête. Oh! mon Dou! Comme
elle aura eu le temps de s'ennuyer de lui, avant
que ce moment-là vienne! Encore tout le reste
de l'été à traverser, et l'automne, et tout l'interminable hiver! Maria soupire; mais l'infinie
patience de sa race lui revient bientôt, et elle
commence à penser à elle-même, et à ce que
toutes ces choses signifient pour elle.

Pendant qu'elle était à Saint-Prime, une de
ses cousines qui devait se marier prochaine-
ment lui a parlé plusieurs fois de ce mariage.
Un jeune homme du village et un autre, de
Normandin, l'avaient courtisée ensemble,
venant tous deux pendant de longs mois passer
dans sa maison la veillée du dimanche.

« Je les aimais bien tous les deux, a-t-elle
avoué à Maria. Et je pense bien que c'était
Zotique que j'aimais le mieux; mais il est parti
faire la drave sur la rivière Saint-Maurice;
il ne devait pas revenir avant l'été; alors Roméo
m'a demandée et j'ai répondu oui. Je l'aime
bien aussi. »

Maria n'a rien dit; mais elle a songé qu'il
devait y avoir des mariages différents de

celui-là, et maintenant elle en est sûre. L'amitié
que François Paradis a pour elle et qu'elle a
pour lui, par exemple, est quelque chose
d'unique, de solennel et pour ainsi dire d'inévitable, car il est impossible de concevoir comment les choses eussent pu se passer autrement,
et cela va colorer et réchauffer à jamais la vie
terne de tous les jours. Elle a toujours eu l'intuition confuse qu'il devait exister quelque
chose de ce genre : quelque chose de pareil à
l'exaltation des messes chantées, à l'ivresse d'une
belle journée ensoleillée et venteuse, au grand
contentement qu'apporte une aubaine ou la
promesse sûre d'une riche moisson.

Dans le calme de la nuit le mugissement des
chutes se rapproche et grandit; le vent du
nord-ouest fait osciller un peu les cimes des
épinettes et des sapins avec un grand mugissement frais qui est doux à entendre; plusieurs
fois de suite, et de plus en plus loin, un hibou
crie. Le froid qui précède l'aube est encore
loin et Maria se trouve parfaitement heureuse
de rester assise sur le seuil et de guetter le rai
de lumière rouge qui vacille, disparaît et luit
de nouveau au pied du four.

Il lui semble que quelqu'un lui a chuchoté
longtemps que le monde et la vie étaient des
choses grises. La routine du travail journalier,

coupée de plaisirs incomplets et passagers; les années qui s'écoulent, monotones, la rencontre d'un jeune homme tout pareil aux autres, dont la cour patiente et gaie finit par attendrir; le mariage, et puis une longue suite d'années presque semblables aux précédentes, dans une autre maison. C'est comme cela qu'on vit, a dit la voix. Ce n'est pas bien terrible et en tout cas il faut s'y soumettre; mais c'est uni, terne et froid comme un champ à l'automne.

Ce n'est pas vrai tout cela. Maria secoue la tête dans l'ombre avec un sourire inconscient d'extase, et songe que ce n'était pas vrai. Lorsqu'elle songe à François Paradis, à son aspect, à sa présence, à ce qu'ils sont et seront l'un pour l'autre, elle et lui, quelque chose frissonne et brûle tout à la fois en elle. Toute sa forte jeunesse, sa patience et sa simplicité sont venues aboutir à cela : à ce jaillissement d'espoir et de désir, à cette prescience d'un contentement miraculeux qui vient.

A la base du four le rai de lumière rouge vacille et s'affaiblit.

« Le pain doit être cuit! » se dit-elle.

Mais elle ne peut se résoudre à se lever de suite, craignant de rompre ainsi le rêve heureux qui ne fait que commencer.

VII

Septembre arriva, et la sécheresse bienvenue du temps des foins persista et devint une catastrophe. A en croire les Chapdelaine, il n'y avait jamais eu de sécheresse comme celle-là, et chaque jour quelque raison nouvelle était suggérée, qui expliquait la sévérité divine.

L'avoine et le blé jaunirent avant d'avoir atteint leur croissance; le soleil incessant brûla l'herbe et les regains de trèfle, et du matin au soir les vaches affamées beuglèrent, la tête appuyée sur les clôtures. Il fallut les surveiller sans répit, car même les maigres céréales encore sur pied tentaient cruellement leur faim, et pas un jour ne s'écoula sans que l'une d'elles ne brisât quelques pieux pour tenter de se rassasier dans le grain.

Puis le vent tourna brusquement un soir, comme épuisé par une constance si rare, et au matin la pluie tombait. Elle tomba irrégulièrement pendant une semaine, et quand elle s'arrêta et que le vent du nord-ouest recommença à souffler, l'automne était venu.

L'automne... Il semblait que le printemps ne fût que d'hier. Le grain n'était pas encore mûr, bien que jauni par la sécheresse; seuls les foins étaient en grange; toutes les autres récoltes achevaient seulement d'extraire leur substance du sol chauffé par le trop court été, et déjà l'automne était là, annonçant le retour de l'inexorable hiver, le froid, bientôt la neige...

Alternant avec les jours de pluie, vinrent encore de beaux jours clairs et chauds vers le midi, où l'on pouvait croire que rien n'était changé : la moisson encore sur pied, le décor éternel des bois d'épinettes et de sapins, et toujours les mêmes couchants mauve et gris, orange et mauve, les mêmes cieux pâles au-dessus de la campagne sombre... Seulement l'herbe commença à se montrer, au matin, blanche de givre, et presque de suite les premières gelées sèches vinrent, qui brûlèrent et noircirent les feuilles des plants de pommes de terre.

Puis la première pellicule de glace fit son apparition sur un abreuvoir; fondue à la chaleur de l'après-midi, elle revint quelques jours plus tard, et une troisième fois la même se-

maine. Les sautes de vent incessantes continuaient bien à faire alterner les journées
tièdes de pluie avec ces matins de gel; mais
chaque fois que le nord-ouest reprenait, il était
un peu plus froid, cousin un peu plus proche
des souffles glacés de l'hiver. Partout l'automne
est mélancolique, chargé du regret de ce qui
s'en va et de la menace de ce qui s'en vient;
mais sur le sol canadien, il est plus mélancolique et plus émouvant qu'ailleurs, et pareil à
la mort d'un être humain que les dieux rap-
pellent trop tôt, sans lui donner sa juste part
de vie.

A travers le froid qui venait, les premières
gelées, les menaces de neige, l'on retardait
pourtant et l'on remettait de jour en jour la
moisson pour permettre au pauvre grain de
dérober encore un peu de force aux sucs de la
terre et au tiède soleil. Il fallut moissonner
pourtant, car octobre venait. L'avoine et le blé
furent coupés et mis en grange sous un ciel
clair, sans éclat, au temps où les feuilles
des bouleaux et des trembles commencent à
jaunir.

La récolte de grain fut médiocre; mais les
foins avaient été beaux, de sorte que l'année
dans son ensemble ne méritait ni transports de
joie ni doléances. Et pourtant, les Chapdelaine

ne cessèrent de déplorer longtemps encore, dans leurs conversations du soir, et la sécheresse sans précédent d'août, et les gelées sans précédent de septembre, qui avaient trahi leurs espoirs. Contre l'avarice du trop court été et les autres rigueurs d'un climat sans indulgence ils n'avaient aucune révolte, même pas d'amertume; seulement ils comparaient toujours dans leur esprit la saison écoulée à quelque autre saison miraculeuse dont leur illusion faisait la règle; et c'est ce qui mettait constamment sur leurs lèvres cette éternelle lamentation des paysans, si raisonnable d'apparence, mais qui revient tous les ans, tous les ans :

« Si seulement ç'avait été une année ordinaire! »

VIII

Un matin d'octobre, Maria vit en se levant la première neige descendre du ciel en innombrables flocons paresseux. Le sol était blanc, les arbres poudrés, et il semblait bien que l'automne fût déjà fini, au temps où il ne fait que commencer ailleurs.

Mais Edwige Légaré prononça d'un air sentencieux :

« Après la première neige, on a encore un mois avant l'hivernement. J'ai toujours entendu les vieux dire ça, et je pense de même. »

Il avait raison, car deux jours plus tard une pluie fit fondre la neige et la terre brune se montra de nouveau. Pourtant l'avertissement n'avait pas été perdu et les préparatifs commencèrent : les préparatifs annuels de défense contre les grands froids et la neige définitive.

Avec de la terre et du sable Esdras et Da'Bé renchaussèrent soigneusement la maison, formant un remblai au pied des murs; les autres hommes s'armèrent de marteaux et de clous et firent aussi le tour de la maison, consolidant, bouchant les trous, réparant de leur mieux les dommages de l'année. De l'intérieur, les femmes poussèrent des chiffons dans les interstices, collèrent sur le lambris intérieur, du côté du nord-ouest, de vieux journaux rapportés des villages et soigneusement gardés, promenèrent leurs mains dans tous les angles à la recherche des courants d'air.

Cela fait, il restait encore à ramasser la provision de bois de l'hiver. De l'autre côté de la clôture des champs, à la lisière de la forêt, les chicots secs abondaient encore. Esdras et Légaré prirent leur hache et bûchèrent pendant trois jours; puis les troncs furent mis en tas, pour attendre qu'une nouvelle chute de neige permît de les charger sur le grand traîneau à bois.

Tout au long d'octobre les jours de gel et les jours de pluie alternèrent, cependant que la forêt devenait d'une beauté miraculeuse. A cinq cents pas de la maison des Chapdelaine la berge de la rivière Péribonka descendait à pic vers l'eau rapide et les blocs de pierre qui précédaient la chute, et de l'autre côté du courant

la berge opposée montait comme un amphithéâtre de rocher en coteau, de coteau
en colline, mais comme un amphithéâtre qui se
prolongeait sans fin vers le nord. Du feuillage
des bouleaux, des trembles, des aunes, des
merisiers semés sur les pentes, octobre vint faire
des taches jaunes et rouges de mille nuances.
Pour quelques semaines le brun de la mousse,
le vert inchangeable des sapins et des cyprès ne
furent plus qu'un fond et servirent seulement à faire ressortir les teintes émouvantes de
cette autre végétation qui renaît avec chaque
printemps et meurt avec chaque automne. La
splendeur de cette agonie s'étendait sur la pente
des collines comme sur une bande sans fin
qui suivait l'eau, s'en allant toujours aussi belle,
aussi riche de couleurs vives et tendres, aussi
émouvante, vers les régions lointaines du nord
où nul œil humain ne se posait sur elle.

Mais voici que du nord vint bientôt un grand
vent froid qui ressemblait à une condamnation
définitive, à la fin cruelle d'un sursis, et présen-
tement, les pauvres feuilles jaunes, brunes et
rouges, secouées trop durement, jonchèrent le
sol; la neige les recouvrit et le sol blanchi
ne connut plus comme parure que le vert
immuable des arbres sombres, qui triomphèrent,
pareils à des femmes emplies d'une sagesse

amère, qui auraient échangé pour une vie éternelle leur droit à la beauté.

En novembre, Esdras, Da'Bé et Edwige Légaré
repartirent pour les chantiers. Le père Chapdelaine et Tit'Bé attelèrent Charles-Eugène au
grand traîneau à bois et charroyèrent laborieusement les troncs coupés qui furent empilés
de nouveau près de la maison; quand cela fut
fait, les deux hommes prirent le « goden-
dard » et scièrent, scièrent du matin au soir;
puis les haches eurent leur tour et fendirent
les bûches selon leur taille. Il ne restait plus
qu'à corder le bois fendu dans le hangar
accoté à la maison, à l'abri des grandes neiges,
en piles imposantes où se mêlaient le cyprès
gommeux qui flambe de suite avec une grande
flamme chaude, l'épinette et le merisier qui
brûlent régulièrement et font un feu soutenu,
et le bouleau au grain serré et poli comme du
marbre qui ne se consume que lentement et
montre encore des braises rouges à l'aube d'une
longue nuit d'hiver.

L'époque où l'on empile le bois est aussi celle
où l'on « fait boucherie ». Après la défense
contre le froid, la défense contre la faim. Les
quartiers de lard s'entassèrent dans le saloir; à
la poutre du hangar se balança la moitié d'une
belle génisse grasse — l'autre moitié avait

été vendue à des habitants de Honfleur — que
le froid devait conserver fraîche jusqu'au printemps; des sacs de farine furent rangés dans
un coin de la maison, et Tit'Bé prit un rou-
leau de fil de laiton et commença à confec-
tionner des collets pour tendre aux lièvres.

Une sorte d'indolence avait succédé à la
grande hâte de l'été, parce que l'été est terriblement court et qu'il importe de ne pas perdre
une heure des précieuses semaines pendant lesquelles on peut travailler la terre, au lieu que
l'hiver est long, et n'offre que trop de temps
pour ses besognes.

La maison devint le centre du monde, et en
vérité la seule parcelle du monde où l'on pût
vivre, et plus que jamais le grand poêle de
fonte fut le centre de la maison. A chaque
instant, quelque membre de la famille allait
sous l'escalier chercher deux ou trois bûches, de
cyprès le matin, d'épinette dans la journée, de
bouleau le soir, et les poussait sur les braises
encore ardentes. Lorsque la chaleur semblait
diminuer, la mère Chapdelaine disait d'un ton
inquiet :

« Ne laissez pas amortir le feu, les
enfants! »

Et Maria, Tit'Bé ou Télesphore ouvrait la
petite porte du foyer, jetait un coup d'œil et

s'en allait vers la pile de bois sans tarder.

Au matin Tit'Bé sautait à bas de son lit long-temps avant le jour pour aller voir si les gros morceaux de bouleau avaient rempli leur office et brûlé toute la nuit; si par malheur le feu était amorti, il le rallumait aussitôt avec de l'écorce de bouleau et des branches de cyprès, entassait de grosses bûches sur la première flamme, et retournait en courant s'enfoncer sous les couvertures de laine brune et de catalogne pour attendre que la bonne chaleur eût de nou-veau rempli la maison.

Dehors, le bois voisin et même les champs conquis sur le bois n'étaient plus qu'un monde étranger, hostile, que l'on surveillait avec curio-sité par les petites fenêtres carrées. Parfois il était, ce monde, d'une beauté curieuse, gla-cée et comme immobile, faite d'un ciel très bleu et d'un soleil éclatant sous lequel scintillait la neige; mais la pureté égale du bleu et du blanc était également cruelle et laissait deviner le froid meurtrier.

D'autres jours le temps s'adoucissait et la neige tombait dru cachant tout, et le sol, et les broussailles qu'elle couvrait peu à peu, et la ligne sombre du bois qui disparaissait derrière le rideau des flocons serrés. Puis le lendemain le ciel était clair de nouveau: mais le vent du

nord-ouest soufflait, terrible. La neige soulevée
en poudre traversait les brûlés et les clairières
par rafales et venait s'amonceler derrière tous
les obstacles qui coupaient le vent. Au sud-est
de la maison elle laissait un gigantesque cône,
ou bien formait entre la maison et l'étable des
talus hauts de cinq pieds qu'il fallait attaquer
à la pelle pour frayer un chemin; au lieu que
du côté d'où venait le vent le sol était gratté,
mis à nu par sa grande haleine incessante.

Ces jours-là les hommes ne sortaient guère
que pour aller soigner les animaux et rentraient
en courant, la peau râpée par le froid,
humide des cristaux de neige qui fondaient à
la chaleur de la maison. Le père Chapdelaine
arrachait les glaçons formés sur sa moustache,
retirait lentement son capot doublé en peau de
mouton, et s'installait près du poêle avec un
soupir d'aise.

« La pompe ne gèle pas? demandait-il. Y a-t-il
bien du bois dans la maison? »

Il s'assurait que la frêle forteresse de bois
était pourvue d'eau, de bois et de vivres, et
s'abandonnait alors à la mollesse de l'hivernement, fumant d'innombrables pipes, pendant
que les femmes préparaient le repas du soir.
Le froid faisait craquer les clous dans les murs
de planches avec des détonations pareilles à

des coups de fusil; le poêle bourré de merisier ronflait; au-dehors le vent sifflait et hurlait comme la rumeur d'une horde assiégeante.

« Il doit faire méchant dans le bois! » songeait Maria.

Et elle s'aperçut qu'elle avait parlé tout haut.

« Dans le bois, il fait moins méchant qu'icitte, répondit son père. Là où les arbres sont pas mal drus on ne sent pas le vent. Je te dis qu'Esdras et Da'Bé n'ont pas de misère.

— Non? »

Ce n'était pas à Esdras et à Da'Bé qu'elle avait songé d'abord.

IX

DEPUIS la venue de l'hiver, l'on avait souvent parlé des fêtes chez les Chapdelaine, et voici que les fêtes approchaient.

« Je suis à me demander si nous aurons de la visite pour le Jour de l'an », fit un soir la mère Chapdelaine.

Elle passa en revue tous les parents ou amis susceptibles de venir.

« Azalma Larouche ne reste pas loin, elle; mais elle est trop paresseuse. Ceux de Saint-Prime ne voudront pas faire le voyage. Peut-être que Wilfrid ou Ferdinand viendront de Saint-Gédéon, si la glace est belle sur le lac... »

Un soupir révéla qu'elle songeait encore à l'animation des vieilles paroisses au temps des fêtes, aux repas de famille, aux visites inattendues des parents qui arrivent en traîneau d'un autre village, ensevelis sous les couvertures et les fourrures, derrière un cheval au poil blanc de givre.

Maria songeait à autre chose.

« Si les chemins sont aussi méchants que l'an dernier, dit-elle, on ne pourra pas aller à la messe de minuit. Pourtant j'aurais bien aimé, cette fois, et « son » père avait promis... »

Par la petite fenêtre, elle regardait le ciel gris, et s'attristait d'avance. Aller à la messe de minuit, c'est l'ambition naturelle et le grand désir de tous les paysans canadiens, même de ceux qui demeurent le plus loin des villages. Tout ce qu'ils ont bravé pour venir : le froid, la nuit dans le bois, les mauvais chemins et les grandes distances, ajoute à la solennité et au mystère. L'anniversaire de la naissance de Jésus devient pour eux plus qu'une date ou un rite : la rédemption renouvelée, une raison de grande joie, et l'église de bois s'emplit de ferveur simple et d'une atmosphère prodigieuse de miracle. Or, plus que jamais, cette année-là, Maria désirait aller à la messe de minuit, après tant de semaines loin des maisons et des églises; il lui semblait qu'elle aurait plusieurs faveurs à demander, qui seraient sûrement accordées si elle pouvait prier devant l'autel, au milieu des chants.

Mais au milieu de décembre, la neige tomba

avec abondance, fine et sèche comme une
poudre, et trois jours avant Noël le vent du
nord-ouest se leva et abolit les chemins.

Dès le lendemain de la tempête, le père
Chapdelaine attela Charles-Eugène au grand
traîneau et partit avec Tit'Bé, emmenant des
pelles, pour tenter de fouler la route ou d'en
tracer une autre. Les deux hommes revinrent à
midi, épuisés, blancs de neige, disant que l'on
ne pourrait passer avant plusieurs jours.

Il fallait se résigner; Maria soupira et songea
à s'attirer la bienveillance divine d'une autre
manière.

« C'est-il vrai, « sa » mère, demanda-t-elle
vers le soir, qu'on obtient toujours la faveur
qu'on demande quand on dit mille *Ave* le jour
avant Noël?

— C'est vrai, répondit la mère Chapdelaine
d'un air grave. Une personne qui a quelque
chose à demander et qui dit ses mille *Ave*
comme il faut avant le minuit de Noël,
c'est bien rare si elle ne reçoit pas ce qu'elle
demande. »

La veille de Noël, le temps était froid, mais
calme. Les deux hommes sortirent de bonne
heure pour tenter encore de battre le chemin,
sans grand espoir; mais longtemps avant leur
départ et à vrai dire longtemps avant le jour,

Maria avait commencé à réciter ses *Ave*.
Réveillée de bonne heure, elle avait pris son
chapelet sous son oreiller et de suite s'était mise
à répéter la prière très vite, revenant des derniers mots aux premiers sans aucun arrêt et
comptant à mesure sur les grains du chapelet.

Tous les autres dormaient encore; seul, Chien
avait quitté sa place près du poêle en la
voyant remuer et était venu s'accroupir près
du lit solennel, la tête posée sur les couvertures. Les regards de Maria se promenaient
sur le long museau blanc appuyé sur la laine
brune, sur les yeux humides, sur les oreilles
tombantes au poil lisse, tandis que ses lèvres
murmuraient sans fin les paroles sacrées : « Je
vous salue, Marie, pleine de grâce... »

Bientôt Tit'Bé sauta à bas de son lit pour
mettre du bois dans le poêle; par une sorte de
pudeur, Maria se détourna et cacha son chapelet sous les couvertures en continuant à prier.
Le poêle ronfla; Chien retourna à sa place
ordinaire, et pendant une demi-heure encore
tout fut immobile dans la maison, sauf les
doigts de Maria, qui comptaient les grains de
buis, et sa bouche qui priait avec l'assiduité
d'une ouvrière à sa tâche.

Puis il fallut se lever, car le jour venait, préparer le gruau et les crêpes pendant que les

hommes allaient à l'étable soigner les animaux,
les servir quand ils revinrent, laver la vaisselle,
nettoyer la maison. Tout en vaquant à ces
besognes, Maria ne cessa pas d'élever à chaque
instant un peu plus haut vers le ciel le monu-
ment de ses *Ave;* mais elle ne pouvait plus se
servir de son chapelet, et il lui était difficile
de compter avec exactitude. Quand la matinée
fut plus avancée pourtant elle put s'asseoir près
de la fenêtre, car nul ouvrage urgent ne pressait,
et poursuivre sa tâche avec plus de méthode.

Midi! trois cents *Ave* déjà. Ses inquiétudes
se dissipèrent, car elle se sentait presque sûre
maintenant d'achever à temps. Il lui vint à l'esprit que le jeûne serait un titre de plus à
l'indulgence divine et pourrait raisonnablement
transformer son espoir en certitude; elle mangea
donc peu, se privant des choses qu'elle aimait
le plus.

Pendant l'après-midi elle dut travailler au
maillot de laine qu'elle voulait offrir à son père
pour le Jour de l'an, et bien qu'elle conti-
nuât à murmurer sans cesse sa prière unique,
la besogne de ses doigts parut la distraire un
peu et la retarder; puis ce furent les préparatifs du souper, qui furent longs; enfin Tit'Bé
vint faire radouber ses mitaines, et pendant tout
ce temps les *Ave* n'avancèrent que lentement,

par à coups, comme une procession que des
obstacles sacrilèges arrêtent.

Mais quand le soir fut venu, toute la besogne du jour achevée et qu'elle put retourner à
sa chaise près de la fenêtre, loin de la faible
lumière de la lampe, dans l'ombre solennelle,
en face des champs parquetés d'un blanc gla-
cial, elle reprit son chapelet, et se jeta dans la
prière avec exaltation. Elle était heureuse que
tant d'*Ave* restassent à dire, puisque la diffi-
culté et la peine ne donnaient que plus de
mérite à son entreprise, et même elle eût
souhaité pouvoir s'humilier davantage et donner
plus de force à sa prière en adoptant quelque
position incommode ou pénible, ou par quelque
mortification.

Son père et Tit'Bé fumaient, les pieds contre
le poêle; sa mère cousait des lacets neufs à de
vieux mocassins en peau d'orignal. Au-dehors
la lune se leva, baignant de sa lumière froide la
froideur du sol blanc, et le ciel fut d'une pureté
et d'une profondeur émouvantes, semé d'étoiles
qui ressemblaient toutes à l'étoile miraculeuse
d'autrefois.

« Vous êtes bénie entre toutes les femmes... »

A force de répéter très vite la courte prière,
elle finissait par s'étourdir et s'arrêtait quelquefois, l'esprit brouillé, ne trouvant plus les

mots si bien connus. Cela ne durait qu'un instant : elle fermait les yeux, soupirait, et la phrase qui revenait de suite à sa mémoire et que sa bouche articulait sortait de la ronde machinale et se détachait, reprenant tout son sens précis et solennel.

« ... Vous êtes bénie entre toutes les femmes... »

Une fatigue pesa sur ses lèvres à la longue, et elle ne prononça les mots sacrés que lentement et avec plus de peine; mais les grains du chapelet continuèrent à glisser sans fin entre ses doigts, et chaque glissement envoyait l'offrande d'un *Ave* vers le ciel profond, où Marie pleine de grâce se penchait assurément sur son trône, écoutant la musique des prières qui montaient et se remémorant la nuit bienheureuse.

« ... Le Seigneur est avec vous... »

Les pieux des clôtures faisaient des barres noires sur le sol blanc baigné de pâle lumière; les troncs des bouleaux qui se détachaient sur la lisière du bois sombre semblaient les squelettes de créatures vivantes que le froid de la terre aurait pénétrées et frappées de mort; mais la nuit glacée était plus solennelle que terrible.

« Avec des chemins de même nous ne serons

pas les seuls forcés de rester chez nous à soir, fit la mère Chapdelaine. Et pourtant y a-t-il rien de plus beau que la messe de minuit à Saint-Cœur-de-Marie, avec Yvonne Boilly à l'harmonium, et Pacifique Simard qui chante le latin si bellement! »

Elle se faisait scrupule de rien dire qui pût ressembler à une plainte ou à un reproche, une nuit comme celle-là, mais malgré elle ses paroles et sa voix déploraient également leur éloignement et leur solitude.

Son mari devina ses regrets, et touché lui aussi par la ferveur du soir sacré, il commença à s'accuser lui-même.

« C'est bien vrai, Laura, que tu aurais fait une vie plus heureuse avec un autre homme que moi, qui serait resté sur une belle terre, près des villages.

— Non, Samuel; le bon Dieu fait bien tout ce qu'il fait. Je me lamente.... Comme de raison je me lamente. Qui est-ce qui ne se lamente pas? Mais nous n'avons pas été bien malheureux jamais, tous les deux; nous avons vécu sans trop pâtir; les garçons sont de bons garçons, vaillants, et qui nous rapportent quasiment tout ce qu'ils gagnent, et Maria est une bonne fille aussi... »

Ils s'attendrissaient tous les deux en se rap-

pelant le passé et aussi en songeant aux
cierges qui brûlaient déjà, et aux chants qui
allaient s'élever bientôt, célébrant partout la
naissance du Sauveur. La vie avait toujours
été une et simple pour eux : le dur travail nécessaire, le bon accord entre époux, la soumis-
sion aux lois de la nature et de l'Eglise. Toutes
ces choses s'étaient fondues dans la même
trame, les rites du culte et les détails de l'existence journalière tressés ensemble, de sorte
qu'ils eussent été incapables de séparer l'exaltation religieuse qui les possédait d'avec leur
tendresse inexprimée.

La petite Alma-Rose entendit qu'on distri-
buait des louanges et vint chercher sa part.

« Moi aussi j'ai été bonne fille, eh! « son »
père?

— Comme de raison... comme de raison... Ce
serait un gros péché d'être haïssable le jour où
le petit Jésus est né. »

Pour les enfants, Jésus de Nazareth était toujours « le petit Jésus », l'enfantelet bouclé des
images pieuses; et en vérité pour les parents
aussi, c'était cela que son nom représentait le
plus souvent. Non pas le Christ douloureux
et profond du protestantisme, mais quelqu'un
de plus familier et de moins grand : un nou-
veau-né dans les bras de sa mère, ou tout au

plus un très petit enfant qu'on pouvait aimer sans grand effort d'esprit et même sans songer à son sacrifice futur.

« As-tu envie de te faire bercer?

— Oui. »

Il prit la petite fille sur ses genoux et commença à se balancer d'avant en arrière.

« Et va-t-on chanter aussi?

— Oui.

— C'est correct; chante avec moi :

> Dans son étable,
> Que Jésus est charmant!
> Qu'il est aimable
> Dans son abaissement...

Il avait commencé à demi-voix pour ne pas couvrir l'autre voix grêle; mais bientôt la ferveur l'emporta et il chanta de toute sa force. les yeux au loin. Télesphore vint s'asseoir près de lui et le regarda avec adoration. Pour ces enfants élevés dans une maison solitaire, sans autres compagnons que leurs parents, Samuel Chapdelaine incarnait toute la sagesse et toute la puissance du monde, et comme il était avec eux doux et patient, toujours prêt à les prendre sur ses genoux et à chanter pour eux les cantiques ou les innombrables chansons naïves d'au

trefoi; qu'il leur apprenait l'une après l'autre,
ils l'aimaient d'une affection singulière.

> ... Tous les palais des rois
> N'ont rien de comparable
> Aux beautés que je vois
> Dans cette étable.

« Encore? C'est correct. »

Cette fois la mère Chapdelaine et Tit'Bé
chantèrent aussi. Maria ne put s'empêcher d'interrompre quelques instants ses prières pour
regarder et écouter; mais les paroles du cantique redoublèrent son zèle et elle reprit bientôt
sa tâche avec une foi plus ardente. « Je vous
salue, Marie, pleine de grâce... »

« Et maintenant? Une autre chanson? laquelle? » Sans attendre une réponse, il
entonna :

> Trois gros navires sont arrivés,
> Chargés d'avoine, chargés de blé.
> Nous irons sur l'eau nous y prom-promener.
> Nous irons jouer dans l'île...

— Non, pas celle-là... Claire fontaine? Ah!
c'est beau, ça! Nous allons tous chanter ensemble. »

Il jeta un regard vers Maria; mais voyant le

chapelet qui glissait sans fin entre ses doigts, il
s'abstint de l'interrompre.

> A la claire fontaine
> M'en allant promener,
> J'ai trouvé l'eau si belle
> Que je m'y suis baigné...

> Il y a longtemps que je t'aime,
> Jamais je ne t'oublierai...

L'air et les paroles également touchantes; le
refrain plein d'une tristesse naïve, il n'y a pas
que des cœurs simples que cette chanson-là
ait attendris.

> ... Sur la plus haute branche,
> Le rossignol chantait.
> Chante, rossignol, chante,
> Toi qui as le cœur gai...

> Il y a longtemps que je t'aime,
> Jamais je ne t'oublierai...

Les grains du chapelet ne glissaient plus
entre les doigts allongés. Maria ne chanta pas
avec les autres; mais elle écouta, et la complainte
de mélancolique amour parut émouvante et
douce à son cœur un peu lassé de prière.

> ... Tu as le cœur à rire,
> Moi je l'ai à pleurer.
> J'ai perdu ma maîtresse
> Pour lui avoir mal parlé...
> Pour un bouquet de roses
> Que je lui refusai.
>
> Il y a longtemps que je t'aime,
> Jamais je ne t'oublierai...

Maria regardait par la fenêtre les champs blancs que cerclait le bois solennel; la ferveur religieuse, la montée de son amour adolescent, le son remuant des voix familières se fondaient dans son cœur en une seule émotion. En vérité, le monde était tout plein d'amour ce soir-là, d'amour profane et d'amour sacré, également simples et forts, envisagés tous deux comme des choses naturelles et nécessaires; ils étaient tout mêlés l'un à l'autre, de sorte que les prières qui appelaient la bienveillance de la divinité sur des êtres chers n'étaient guère que des moyens de manifester l'amour humain, et que les naïves complaintes amoureuses étaient chantées avec la voix grave et solennelle et l'air d'extase des invocations surhumaines.

... Je voudrais que la rose
Fût encore au rosier,
Et que le rosier même
A la mer fut jeté.

Il y a longtemps que je t'aime,
Jamais je ne t'oublierai...

« Je vous salue, Marie, pleine de grâce... »

La chanson finie, Maria avait machinalement repris ses prières avec une ferveur renouvelée, et de nouveau les *Ave* s'égrenèrent.

La petite Alma-Rose, endormie sur les genoux de son père, fut déshabillée et portée dans son lit; Télesphore la suivit; bientôt Tit'Bé à son tour s'étira, puis remplit le poêle de bouleau vert; le père Chapdelaine fit un dernier voyage à l'étable et rentra en courant, disant que le froid augmentait. Tous furent couchés bientôt, sauf Maria.

« Tu n'oublieras pas d'éteindre la lampe?

— Non, « son » père. »

Elle l'éteignit de suite, préférant l'ombre, et revint s'asseoir près de la fenêtre et récita ses derniers *Ave*. Quand elle eut terminé, un scrupule lui vint et une crainte de s'être peut-être trompée dans leur nombre. parce qu'elle n'avait pas toujours pu compter sur les grains de son chapelet. Par prudence elle en dit encore cinquante et s'arrêta alors, étourdie, lasse, mais heureuse et pleine de confiance, comme si elle venait de recevoir une promesse solennelle.

Au-dehors le monde était tout baigné de lumière, enveloppé de cette splendeur froide qui s'étend la nuit sur les pays de neige quand le ciel est clair et que la lune brille. L'intérieur de la maison était obscur, et il semblait que ce fussent la campagne et le bois qui s'illuminaient pour la venue de l'heure sacrée.

« Les mille *Ave* sont dits, songea Maria, mais je n'ai pas encore demandé la faveur... pas avec des mots. »

Il lui avait semblé que ce ne serait peut-être pas nécessaire; que la divinité comprendrait sans qu'il fût besoin d'un vœu formulé par les lèvres, surtout Marie... qui avait été femme sur cette terre. Mais au dernier moment son cœur simple conçut des craintes, et elle chercha à exprimer en paroles ce qu'elle voulait demander.

François Paradis... Assurément son souhait se rapportait à François Paradis. Vous l'aviez deviné, Marie pleine de grâce? Que pouvait-elle énoncer de ses désirs sans profanation? Qu'il n'ait pas de misère dans le bois. Qu'il tienne ses promesses et abandonne de sacrer et de boire... Qu'il revienne au printemps...

Qu'il revienne au printemps... Elle s'arrête
là, parce qu'il lui semble que lorsqu'il sera
revenu, ayant tenu ses promesses, le reste de
leur bonheur qui vient sera quelque chose
qu'ils pourront accomplir presque seuls...
presque seuls... A moins que ce ne soit un
sacrilège de penser ainsi...

Qu'il revienne au printemps... Songeant à ce
retour, à lui, à son beau visage brûlé de soleil
qui se penchera vers le sien, Maria oublie tout
le reste, et regarde longtemps sans les voir le
sol couvert de neige que la lumière de la lune
rend pareil à une grande plaque de quelque
substance miraculeuse, un peu de nacre et
presque d'ivoire, et les clôtures noires, et la
lisière proche des bois redoutables.

X

LE Jour de l'an n'amena aucun visiteur. Vers le soir, la mère Chapdelaine, un peu déçue, cacha sa mélancolie sous la guise d'une gaieté exagérée.

« Quand même il ne viendrait personne. dit-elle, ce n'est pas une raison pour nous laisser pâtir. Nous allons faire de la tire. »

Les enfants poussèrent des cris de joie et suivirent des yeux les préparatifs avec un intérêt passionné. Du sirop de sucre et de la cassonade furent mélangés et mis à cuire; quand la cuisson fut suffisamment avancée, Télesphore rapporta du dehors un grand plat d'étain rempli de belle neige blanche. Tout le monde se rassembla autour de la table, pendant que la mère Chapdelaine laissait tomber le sirop en ébullition goutte à goutte sur la neige, où il

se figeait à mesure en éclaboussures sucrées, déli-
cieusement froides.

Chacun fut servi à son tour, les grandes personnes imitant plaisamment l'avidité gour-
mande des petits; mais la distribution fut
arrêtée bientôt, sagement, afin de réserver un
bon accueil à la vraie tire, dont la confection
ne faisait que commencer. Car il fallait para-
chever la cuisson, et, une fois la pâte prête,
l'étirer longuement pendant qu'elle durcissait.
Les fortes mains grasses de la mère Chapdelaine
manièrent cinq minutes durant l'écheveau
succulent qu'elles allongeaient et repliaient sans
cesse; peu à peu leur mouvement se fit plus
lent, puis une dernière fois la pâte fut étirée
à la grosseur du doigt et coupée avec des
ciseaux, à grand effort, car elle était déjà dure.
La tire était faite.

Les enfants en mâchaient déjà les premiers
morceaux quand des coups furent frappés à la
porte.

« Eutrope Gagnon, dit le père. Je me disais
aussi que ce serait bien rare s'il ne venait pas
veiller avec nous ce soir. »

C'était Eutrope Gagnon, en effet. Il entra,
souhaita le bonsoir à tout le monde, posa son
casque de laine sur la table... Maria le regardait, une rougeur aux joues. La coutume veut

que le Jour de l'an les garçons embrassent les filles, et Maria savait fort bien qu'Eutrope, malgré sa timidité, allait se prévaloir de cet usage; elle restait immobile près de la table et attendait, sans ennui, mais pensant à cet autre baiser qu'elle aurait aimé recevoir.

Pourtant le jeune homme prit la chaise qu'on lui offrait et s'assit, les yeux à terre.

« C'est toi toute la visite que nous avons eue aujourd'hui, dit le père Chapdelaine. Mais je pense bien que tu n'as pas vu personne non plus... J'étais bien certain que tu viendrais veiller.

— Comme de raison... Je n'aurais pas laissé passer le Jour de l'an sans venir. Mais en plus de ça j'avais des nouvelles que je voulais vous répéter.

— Ah! »

Sous les regards d'interrogation convergeant sur lui, il continuait à baisser les yeux.

« A voir ta face, je calcule que ce sont des nouvelles de malchance.

— Ouais. »

La mère Chapdelaine se leva à moitié avec un geste de crainte.

« Ça serait-il les garçons?

— Non, madame Chapdelaine. Esdras et Da'Bé vont bien, si le bon Dieu le veut. Les

nouvelles que je parle ne viennent pas de ce
bord-là; ça n'est pas un parent à vous, mais un
garçon que vous connaissez. »

Il hésita un instant et prononça le nom à voix
basse :

« François Paradis... »

Son regard se leva un instant sur Maria,
pour se détourner aussitôt; mais elle ne remarqua même pas ce coup d'œil chargé d'honnête
sympathie. Un grand silence s'était appesanti
non seulement dans la maison, mais sur l'uni-
vers entier; toutes les créatures vivantes et
toutes les choses restaient muettes et atten-
daient anxieusement cette nouvelle qui était
d'une si terrible importance, puisqu'elle tou-
chait le seul homme au monde qui comptât
vraiment.

« Voilà comment ça s'est passé... Vous avez
peut-être eu connaissance qu'il était foreman
dans un chantier en haut de la Tuque, sur la
rivière Vermillon. Quand le milieu de décembre
est venu, il a dit tout à coup au boss qu'il allait
partir pour venir passer les fêtes au lac Saint-
Jean, icitte... Le boss ne voulait pas, comme
de raison; quand les hommes se mettent à
prendre des congés de dix et quinze jours en
plein milieu de l'hiver, autant vaudrait casser
le chantier de suite. Il ne voulait pas et il le

lui a bien dit; mais vous connaissez François :
c'était un garçon malaisé à commander, quand
il avait une chose en tête. Il a répondu
qu'il avait dans son cœur d'aller au grand lac
pour les fêtes et qu'il irait. Alors le boss
l'a laissé faire, par peur de le perdre, vu que
c'était un homme capable hors de l'ordinaire,
et accoutumé dans le bois... »

Il parlait avec une facilité singulière, lentement, mais sans chercher ses mots, comme s'il
avait tout préparé à l'avance. Maria songea
tout à coup, au milieu de son angoisse : « François a voulu venir icitte pour les fêtes... me
voir », et une joie fugitive effleura son cœur
comme une hirondelle rase l'eau.

« Le chantier n'était pas bien loin dans le
bois, seulement à deux jours de voyage du
Transcontinental, qui descend sur la Tuque :
mais ça s'adonnait qu'il y avait eu un accident
à la « track » qui n'était pas encore réparée,
et les chars ne passaient pas. J'ai eu connaissance de tout ça par Johnny Niquette, de Saint-
Henri, qui est arrivé de la Tuque il y a deux
jours passés.

— Ouais?

— Quand François Paradis a su qu'il ne
pourrait pas prendre les chars, il a fait une
risée et dit comme ça que tant qu'à marcher il

marcherait tout le chemin. et qu'il allait gagner
le grand lac en suivant les rivières, la rivière
Croche d'abord, et puis là rivière Ouatchouan.
qui tombe près de Roberval.

— C'est correct, dit le père Chapdelaine. Ça
peut se faire. J'ai passé par là.

— Pas dans cette saison icitte. monsieur
Chapdelaine, sûrement pas dans cette saison
icitte. Tout le monde là-bas a dit à François
que ça n'avait pas de bon sens de vouloir faire
ce voyage-là en plein hiver au temps des fêtes.
avec le froid qu'il faisait, peut-être bien quatre
pieds de neige dans le bois, et seul. Mais il n'a
fait que rire d'eux et leur dire qu'il était accoutumé dans le bois, qu'un peu de misère ne
lui faisait pas peur, parce qu'il était décidé
d'aller en haut du lac pour les fêtes, et que là
où les sauvages passaient lui passerait bien.
Seulement. — vous connaissez bien ça, monsieur Chapdelaine —, quand les sauvages font
ce voyage-là, c'est plusieurs ensemble, et avec
des chiens. François est parti seul, à la raquette,
avec ses couvertes et des provisions sur une
petite traîne... »

Personne n'avait dit un mot pour le hâter
ou l'interrompre; on l'écoutait comme on
écoute quelqu'un qui conte une histoire, quand
le dénouement approche. visible, mais inconnu.

pareil à un homme qui vient en se cachant la
figure.

« Vous vous rappelez bien le temps qu'il a
fait la semaine avant la Noël : il est tombé de
la neige en masse, et puis le norouâ a pris. Ça
c'est adonné que pendant la tempête François
Paradis était dans les grands brûlés, où la petite
neige poudre terriblement et fait des falaises.
Dans des places comme celles-là, même un
homme capable n'a pas grande chance quand
il fait ben fret et que la tempête dure. Et si
vous vous rappelez, le norouâ a soufflé trois
jours de suite, dur à vous couper la face...

— Oui. Eh bien? »

Le monologue qu'il avait préparé n'allait pas
plus loin sans doute, ou bien il hésitait à prononcer les paroles nécessaires, car il ne répondit qu'après quelques instants de silence à voix
basse :

« Il s'est écarté... »

Des gens qui ont passé toute leur vie à la
lisière des bois canadiens savent ce que cela
veut dire. Les garçons téméraires que la malchance atteint dans la forêt et qui se trouvent
écartés — perdus — ne reviennent guère. Parfois une expédition trouve et rapporte leurs
corps, au printemps, après la fonte des neiges...
Le mot lui-même, au pays de Québec et sur-

tout dans les régions lointaines du nord, a
pris un sens sinistre et singulier, où se révèle
le danger qu'il y a à perdre le sens de l'orien-
tation, seulement un jour, dans ces coins sans
limites.

« Il s'est écarté... La tempête l'a surpris dans
les brûlés et il s'est arrêté un jour; on sait ça
à cause que des sauvages ont trouvé l'abri en
branches de sapin qu'il s'était fait, et ils ont
vu aussi ses pistes. Il est reparti parce qu'il
n'avait guère de provisions et qu'il avait hâte
d'arriver, je pense; mais le temps était encore
méchant, la neige tombait, le norouâ soufflait
dur, et probablement qu'il ne pouvait pas voir
le soleil ni marquer son chemin, car les sauvages ont dit que ses pistes s'éloignaient de la
rivière Croche, qu'il avait suivie, et s'en allaient
dret vers le nord. »

Personne ne parlait encore, ni les deux
hommes, qui écoutaient en hochant parfois la
tête, comprenant tous les détails de la tragique
aventure; ni la mère Chapdelaine, dont les
mains s'étaient jointes sur ses genoux comme
pour une imploration tardive; ni Maria.

« Quand on a su ça, des hommes d'Ouatchouan sont partis, après que le temps s'était
adouci un peu. Mais la neige avait couvert
toutes les pistes et ils sont revenus en disant

qu'ils n'avaient rien vu, voilà trois jours passés.
Il s'est écarté... »

Tous se redressèrent avec des soupirs; l'histoire était terminée et en vérité il ne restait
plus rien à dire. Le sort de François Paradis
était aussi lugubrement certain que s'il avait
été enterré dans le cimetière de Saint-Michel de
Mistassini, au milieu des chants, avec la béné-
diction des prêtres.

Un lourd silence pesa sur la maisonnée. Le
père Chapdelaine se pencha en avant, les
coudes sur ses genoux, cognant machinalement
une de ses mains fermées contre l'autre, avec
une moue grave.

« Ça montre que nous ne sommes que de
petits enfants dans la main du bon Dieu. fit-il.
François était un des meilleurs hommes de par
icitte pour vivre dans le bois et trouver son
chemin; des étrangers l'engageaient comme
guide et il les ramenait toujours chez eux sans
malchance. Et voilà qu'il s'est écarté. Nous ne
sommes que de petits enfants... Il y en a qui
se croient pas mal forts et qui pensent qu'ils
peuvent se passer de l'aide du bon Dieu quand
ils sont dans leur maison ou sur leur terre; mais
dans le bois... »

Il secoua la tête, et répéta encore d'une voix
grave :

« Nous ne sommes que de petits enfants.

— C'était un bon homme, dit Eutrope Gagnon, un vrai bon homme, fort et vaillant, et sans malice.

— Comme de raison. Je ne veux pas dire que le bon Dieu avait des raisons de le faire mourir, lui plutôt qu'un autre. C'était un bon garçon, un travaillant, et je l'aimais bien... Mais ça vous montre...

— Personne n'a jamais rien eu contre lui, reprit Eutrope avec une sorte de généreux entêtement. C'était un homme rare pour l'ouvrage, pas peureux de rien, et serviable, avec ça. Tous ceux qui l'ont connu avaient de l'amitié pour lui. C'était un homme « dépareillé. »

Il leva les yeux sur Maria et répéta avec force :

« C'était un bon homme, un homme dépareillé.

— Quand nous étions à Mistassini, dit la mère Chapdelaine, voilà de ça sept ans, ça n'était encore qu'une jeunesse, mais fort et adroit pas mal, déjà aussi grand comme il est là..., je veux dire comme il était... l'été dernier. quand il est venu icitte. C'était difficile de ne pas l'aimer. »

Ils regardaient droit devant eux en parlant, et cependant tout ce qu'ils disaient semblait

s'adresser à Maria, comme si son secret
d'amour avait été naïvement visible. Mais elle
ne dit rien ni ne bougea, les yeux fixés sur la
vitre de la petite fenêtre que le gel rendait pourtant opaque comme un mur.

Eutrope Gagnon s'en alla bientôt; les Chapdelaine, restés seuls, furent longtemps sans parler. Enfin le père dit d'une voix hésitante :

« François Paradis n'avait quasiment pas de
famille; alors comme nous avions tous de l'amitié pour lui, on pourrait peut-être faire dire
une messe ou deux... Eh, Laura?

— Sûrement. Trois grand-messes avec chant,
et quand les garçons reviendront du bois, en
bonne santé s'il plaît au bon Dieu, trois autres
pour le repos de son âme, pauvre garçon! Et tous
les dimanches nous dirons un chapelet pour lui.

— Il était comme tous les autres, reprit le
père Chapdelaine, pas parfait, comme de raison,
mais sans malice et propre dans sa vie. Le bon
Dieu et la Sainte Vierge auront pitié de lui. »

Encore le silence. Maria sentait bien que
c'était pour elle qu'ils disaient cela, parce qu'ils
avaient deviné son chagrin et cherchaient à
l'adoucir; mais elle ne pouvait parler, ni pour
louer le mort, ni pour le plaindre. Une
main s'était glissée dans sa gorge, l'étouffant,
dès que le dénouement du récit tragique était

devenu clair pour elle, et maintenant cette main
avait pénétré jusqu'en sa poitrine et lui serrait durement le cœur. Les élancements et
la douleur déchirante viendraient plus tard
peut-être; mais pour le moment ce n'était encore
que cela : la poigne cruelle de cinq doigts
fermés sur son cœur.

D'autres paroles furent prononcées, qu'elle
n'entendit guère; puis ce fut le remue-ménage
ordinaire du soir, les préparatifs du coucher, le
père Chapdelaine sortant pour aller faire une
dernière visite à l'étable et rentrant dans la
maison très vite, la peau rougie par le froid,
fermant en hâte derrière lui la porte par où
une colonne de buée froide s'engouffrait.

« Viens, Maria. »

Sa mère l'appelait très doucement, en lui
posant une main sur l'épaule. Elle se leva et alla
s'agenouiller avec les autres pour la prière.
Pendant dix minutes, les voix se répondirent,
étouffées et monotones, murmurant les paroles
sacrées. Quand ils furent arrivés à la fin du chapelet, la mère Chapdelaine murmura :

« Encore cinq *Pater* et cinq *Ave* pour le repos
de ceux qui ont eu de la malchance dans les
bois... »

Et les voix s'élevèrent de nouveau, un peu
plus étouffées encore qu'auparavant, avec

parfois un frémissement qui ressemblait à un sanglot.

Lorsqu'elles se turent et que tous se relevèrent après le dernier signe de croix, Maria se détourna de suite et retourna près de la fenêtre. Le gel avait fait des vitres autant de plaques de verre dépoli, opaques, qui abolissaient le monde du dehors; mais Maria ne les vit même pas, parce que les larmes avaient commencé à monter en elle et l'aveuglaient. Elle resta là quelques instants, immobile, les bras pendants, dans une attitude d'abandon pathétique; puis son chagrin tout à coup se fit plus poignant et l'étourdit; machinalement elle ouvrit la porte et sortit sur les marches du perron de bois.

Vu du seuil, le monde figé dans son sommeil blanc semblait plein d'une rare sérénité; mais dès que Maria fut hors de l'abri des murs, le froid descendit sur elle comme un couperet, et la lisière lointaine du bois se rapprocha soudain sombre façade derrière laquelle cent secrets tragiques, enfouis, appelaient et se lamentaient comme des voix.

Elle se recula avec un gémissement, referma la porte et s'assit près du poêle, frissonnante. La stupeur première du choc commençait à se dissiper; son chagrin s'aiguisa, et la main qui

lui serrait le cœur se mit à inventer des pin-
cements, des déchirures, vingt tortures rusées et
cruelles.

Comme il a dû pâtir là-bas dans la neige,
songe-t-elle, sentant encore sur son visage la mor-
sure rapide de l'air glacé. Elle a bien entendu
dire par des hommes que le même destin a
effleurés que c'était une mort insensible et
douce, au contraire, toute pareille à un assoupissement; mais elle n'arrive pas à le croire,
et les souffrances que François a peut-être endu-
rées, avant de s'abandonner sur le sol blanc,
défilent dans sa pensée à elle comme une procession sinistre.

Point n'est besoin de voir le lieu; elle connaît
assez bien l'aspect redoutable des grands bois
en hiver, la neige amoncelée jusqu'aux premières branches des sapins, les buissons d'aunes
enterrés presque en entier, les bouleaux et les
trembles dépouillés comme des squelettes et
tremblant sous le vent glacé, le ciel pâle se révé-
lant à travers le fouillis des aiguilles vert
sombre. François Paradis s'en est allé à travers
les troncs serrés, les membres raides de froid,
la peau râpée par le norouâ impitoyable,
déjà mordu par la faim, trébuchant de fatigue;
ses pieds las n'ont plus la force de se lever
assez haut et souvent ses raquettes accrochent

la neige et le font tomber sur les genoux.

Sans doute dès que la tempête a cessé il a reconnu son erreur, vu qu'il marchait vers le Nord désert, et de suite il a repris le bon chemin, en garçon d'expérience qui a toujours eu le bois pour patrie. Mais ses provisions sont presque épuisées, le froid cruel le torture encore; il baisse la tête, serre les dents et se bat avec l'hiver meurtrier, faisant appel aux ressources de sa force et de son grand courage. Il songe à la route à suivre et à la distance, calcule ses chances de survivre, et par éclairs pense aussi à la maison bien close et chaude où tous seront contents de le revoir; à Maria qui saura ce qu'il a risqué pour elle et lèvera enfin sur lui ses yeux honnêtes pleins d'amour.

Peut-être est-il tombé pour la dernière fois tout près du salut, à quelques arpents seulement d'une maison ou d'un chantier. C'est souvent ainsi que cela arrive. Le froid assassin et ses acolytes se sont jetés sur lui comme une proie; ils ont raidi pour toujours ses membres forts, couvert de neige le beau visage franc, fermé ses yeux hardis sans pitié ni douceur; fait un bloc glacé de son corps vivant... Maria n'a plus de larmes; mais elle frissonne et tremble ainsi qu'il a dû trembler et frissonner. lui, avant que l'inconscience miséricordieuse

vienne; et elle se serre contre le poêle avec
une grimace d'horreur et de compassion comme
s'il était en son pouvoir de le réchauffer
aussi et de défendre sa chère vie contre les
meurtriers.

Oh! Jésus-Christ, qui tendais les bras aux
malheureux, pourquoi ne l'as-tu pas relevé de
la neige avec tes mains pâles? Pourquoi,
Sainte Vierge, ne l'avez-vous pas soutenu d'un
geste miraculeux quand il a trébuché pour la
dernière fois? Dans toutes les légions du ciel,
pourquoi ne s'est-il pas trouvé un ange pour
lui montrer le chemin?

Mais c'est la douleur qui parle ainsi avec des
cris de reproche, et le cœur simple de Maria
craint d'avoir été impie en l'écoutant. Bientôt
une autre crainte lui vient : peut-être François
Paradis n'a-t-il pas su tenir assez exactement
les promesses qu'il avait faites. Dans les chantiers, au milieu d'hommes rudes, il a peut-être
eu des moments de faiblesse, blasphémé, pro-
fané les noms saints, et il s'en est allé vers la
mort en état de péché, accablé de courroux
divin.

Ses parents ont dit tout à l'heure qu'ils
allaient faire dire des messes. Comme ils ont
été bons! Ayant deviné son secret, comme ils
ont su se taire! Mais elle aussi peut aider de

ses prières la pauvre âme en peine. Son chapelet est resté sur la table : elle le reprend, et
tout naturellement ce sont les phrases de l'*Ave*
qui montent à ses lèvres : « Je vous salue,
Marie, pleine de grâce... »

Aviez-vous douté d'elle, mère du Galiléen?
Parce qu'elle vous avait huit jours auparavant
supplié par mille fois et que vous n'aviez
répondu à sa prière qu'en vous figeant dans une
immobilité vraiment divine pendant que s'accomplissait le destin, pensiez-vous qu'elle allait,
elle, douter ou de votre pouvoir ou de votre
bonté? C'eût été mal la connaître. Comme
elle vous avait demandé votre protection pour
un homme, voici qu'elle vous demande votre
pardon pour une âme, avec les mêmes mots, la
même humilité, la même foi sans limites.

« Vous êtes bénie entre toutes les femmes, et
Jésus, le fruit de vos entrailles, est béni. »

Seulement elle se serre contre le grand poêle
de fonte, et bien que la chaleur du feu la
pénètre elle continue à frissonner en pensant au
pays glacé qui l'entoure, au bois profond, à
François Paradis qu'elle ne peut encore imaginer insensible, et qui doit avoir si froid dans
son lit de neige...

XI

Un soir de février le père Chapdelaine dit :

« Les chemins sont beaux. Si tu veux, Maria, nous irons à la Pipe, dimanche, pour la messe.

— C'est correct, « son » père. »

Mais elle avait répondu cela d'un ton lassé, presque indifférent, et ses parents échangèrent un regard furtif par-dessus sa tête.

Les paysans ne meurent point des chagrins d'amour, ni n'en restent marqués tragiquement toute la vie. Ils sont trop près de la nature, et perçoivent trop clairement la hiérarchie essentielle des choses qui comptent. C'est pour cela peut-être qu'ils évitent le plus souvent les grands mots pathétiques, qu'ils disent volontiers « amitié » pour « amour », « ennui » pour « douleur », afin de conserver aux peines et aux joies du cœur leur taille relative dans l'existence à côté de ces autres soucis d'une plus sin-

cère importance qui concernent le travail journalier, la moisson, l'aisance future.

Maria n'avait pas songé un moment que sa
vie fût finie, ou que le monde dût être pour
elle un douloureux désert, parce que François
Paradis ne pourrait pas revenir au printemps,
ni plus tard. Seulement elle était malheureuse,
et tant que ce chagrin durait elle ne pouvait
pas aller plus avant.

Quand le dimanche vint, le père Chapdelaine et sa fille commencèrent de bonne heure
à se préparer pour le voyage de deux heures
qui devait les amener à Saint-Henri-de-Taillon,
où se trouvait l'église. Avant sept heures et
demie Charles-Eugène était attelé; Maria, revê-
tue déjà de sa grande pelisse d'hiver, serrait
avec soin dans son porte-monnaie la liste des
commissions que lui avait donnée sa mère.
Quelques minutes plus tard les grelots de
l'attelage commencèrent à tinter et le reste de
la famille se groupa derrière la petite fenêtre
carrée pour regarder s'éloigner les voyageurs.

Pendant une heure le cheval ne put aller
qu'au pas, enfonçant jusqu'aux jarrets dans la
neige, car les Chapdelaine étaient seuls à passer
sur ce chemin, qu'ils avaient tracé et déblayé
eux-mêmes et qui n'était pas assez souvent foulé
pour devenir glissant et dur.

Mais quand ils eurent rejoint la route battue Charles-Eugène trotta allégrement.

Ils traversèrent Honfleur, hameau de huit maisons dispersées, puis rentrèrent dans le bois. A la longue quelques champs apparurent; des maisons s'espacèrent au bord du chemin; la lisière sombre s'éloigna peu à peu et bientôt le traîneau fut en plein village, précédé et suivi d'autres traîneaux qui s'en allaient aussi vers l'église.

Depuis le commencement de la nouvelle année, Maria était déjà venue trois fois entendre la messe à Saint-Henri-de-Taillon, que les gens du pays persistent à appeler la Pipe, comme aux jours héroïques des premiers colons. C'était pour elle, en même temps qu'un exercice de piété, presque la seule distraction possible, et son père s'était efforcé de la lui donner fréquemment, pensant que le spectacle rare du culte et la rencontre des quelques connaissances qu'ils avaient au village aideraient à secouer sa tristesse.

Cette fois, quand la messe fut terminée, au lieu de visiter des maisons amies, ils allèrent au presbytère. Celui-ci était déjà rempli de paroissiens venus de fermes éloignées, car le prêtre canadien n'est pas seulement le directeur de conscience de ses ouailles, mais aussi

leur conseiller en toutes matières, l'arbitre de
leurs querelles, et en vérité la seule personne
différente d'eux-mêmes à laquelle ils puissent
avoir recours dans le doute.

Le curé de Saint-Henri satisfit tous ses
consultants, certains en quelques mots rapides,
au milieu de la conversation générale à laquelle
lui-même prenait part jovialement; d'autres plus
longuement, dans le secret de la pièce voisine.
Quand le tour des Chapdelaine fut venu, il
regarda l'horloge.

« On va dîner d'abord, eh? fit-il, bonhomme.
Vous avez dû prendre de l'appétit sur le chemin, et moi, de dire la messe, ça me donne faim
sans bon sens. »

Il rit de toutes ses forces, amusé plus que personne de sa plaisanterie, et précéda ses hôtes
dans la salle à manger. Un autre prêtre était là,
venu d'une paroisse voisine, et deux ou trois
paysans. Le repas ne fut qu'une longue dis-
cussion agricole coupées d'histoires comiques et
de commérages sans malice; de temps en temps
un des paysans se souvenait du lieu et émettait
quelque réflexion pieuse que les prêtres accueil-
laient avec des hochements de tête brefs et
des « Oui! oui! » un peu distraits.

Enfin le dîner prit fin; quelques-uns des invi-
tés partirent sitôt les pipes allumées. Le curé

surprit un regard du père Chapdelaine et sembla se rappeler quelque chose; il se leva en
faisant signe à Maria.

« Viens un peu par icitte, toué », dit-il.

Il la précéda dans la pièce voisine, qui lui
servait à la fois de salle de réception et de
bureau.

Il y avait un petit harmonium contre le mur;
de l'autre côté, une table qui portait des
revues agricoles, un Code, quelques livres
reliés en cuir noir; aux murs, le portrait du
pape Pie X, une gravure représentant la Sainte
Famille, une planche en couleurs où voisinaient
les traîneaux et les moulins à battre d'un
fabricant de Québec, et plusieurs affiches offi-
cielles contenant des recommandations sur les
incendies de forêts ou les épidémies de bétail.

« Alors il paraît que tu te tourmentes sans
bon sens, de même? » dit-il assez doucement en
se retournant vers Maria.

Elle le regarda avec humilité, peu éloignée
de croire qu'en son pouvoir surnaturel de prêtre
il avait deviné son chagrin sans que nul ne
l'en eût averti. Lui courbait un peu sa taille
démesurée et penchait vers elle sa figure maigre
de paysan; car sous sa soutane il avait tout
d'un homme de la terre : le masque jaune et
décharné, les yeux méfiants, les larges épaules

osseuses. Même ses mains dispensatrices de
pardons miraculeux étaient des mains de
laboureur, aux veines gonflées sous la peau
brune. Mais Maria ne voyait en lui que le
prêtre, le curé de sa paroisse, clairement envoyé
par Dieu pour lui expliquer la vie et lui montrer le chemin.

« Assis-toué là! » fit-il en montrant une chaise.

Elle s'assit un peu comme une écolière qu'on
réprimande, un peu comme une femme qui
consulte le magicien dans son antre, et attendit
avec un mélange de confiance et d'effroi que les
charmes surnaturels opérassent.

Une heure plus tard, le traîneau filait sur la
neige dure. Le père Chapdelaine commençait à
s'assoupir et les guides glissaient peu à peu de
ses mains ouvertes.

Une fois encore il se secoua, releva la tête et
reprit à pleine-voix le cantique qu'il avait
entonné en quittant le village :

> ... Adorons-le dans le ciel,
> Adorons-le sur l'autel...

Puis il se tut, son menton s'abaissa peu à peu
sur sa poitrine, et il n'y eut plus sur le chemin
d'autre bruit que le tintement des grelots de
l'attelage.

Maria songeait aux paroles du prêtre.

« S'il y avait de l'amitié entre vous, c'est bien naturel que tu aies du chagrin. Mais vous n'étiez pas fiancés, puisque tu n'en avais rien dit à tes parents, ni lui non plus; alors de te désoler de même et de te laisser pâtir à cause d'un garçon qui ne t'était rien, après tout, ça n'est pas bien, ça n'est pas convenable... »

Et encore :

« Faire dire des messes et prier pour lui. ça c'est correct, tu ne peux pas faire mieux Trois grand-messes avec chant eι trois autres quand les garçons reviendront du bois, comme ton père m'a dit, comme de raison ça lui fera du bien et tu peux penser qu'il aimera mieux ça que des lamentations, lui, puisque ça diminuera d'autant son temps de purgatoire. Mais te chagriner sans raison et faire une face à décourager toute la maison, ça n'a pas de bon sens et le bon Dieu n'aime pas ça. »

En disant cela, il n'avait pas l'air d'un consolateur ou d'un conseiller discutant les raisons impondérables du cœur, mais plutôt d'un homme de loi ou d'un pharmacien énonçant prosaïquement des formules absolues, certaines.

« Une fille comme toi, plaisante à voir, de bonne santé et avec ça vaillante et ménagère. c'est fait pour encourager ses vieux parents d'abord, et puis après se marier et fonder une famille chrétienne. Tu n'as pas dessein d'entrer en religion? Non. Alors tu vas abandonner de te tourmenter de même, parce que c'est un tourment profane et peu convenable, vu que ce garçon ne t'était rien. Et le bon Dieu sait ce qui est bon pour nous; il ne faut pas se révolter ni se plaindre... »

Dans tout cela, une phrase avait trouvé Maria quelque peu incrédule : l'assurance du prêtre que François Paradis, là où il se trouvait, se souciait uniquement des messes dites pour le repos de son âme, et non du regret tendre et poignant qu'il avait laissé derrière lui. Cela, elle ne pouvait arriver à le croire. Incapable de le concevoir réellement dans la mort autre qu'il n'avait été dans la vie, elle songeait au contraire qu'il devait être heureux et reconnaissant de ce grand regret qui prolongeait un peu par-delà la mort l'amour devenu inutile. Enfin, puisque le prêtre l'avait dit...

Le chemin louvoyait entre les arbres sombres figés dans la neige; des écureuils, effrayés par le passage rapide du traîneau et le bruit des grelots tintant, gagnaient en quelques bonds le tronc des épinettes et grimpaient en s'agriffant à l'écorce. Un froid vif descendait du ciel gris sur la terre blanche et le vent brûlait la peau, car c'était février, ce qui, au pays de Québec, veut dire deux pleins mois d'hiver encore.

Tandis que le cheval Charles-Eugène trottait sur le chemin durci ramenant les deux voyageurs vers leur maison solitaire, Maria, se rappelant les commandements du curé de Saint-Henri, chassa de son cœur tout regret avoué, et tout chagrin, aussi complètement que cela était en son pouvoir et avec autant de simplicité qu'elle en eût mis à repousser la tentation d'une soirée de danse, d'une fête impie ou de quelque autre action apparemment malhonnête et défendue.

Ils arrivèrent chez eux comme la nuit tombait. Le soir n'avait été qu'un lent évanouissement de la lumière; car depuis le matin le ciel était demeuré gris et le soleil invisible. De la tristesse pesait sur le sol livide; les sapins et les cyprès n'avaient pas l'air d'arbres vivants, et les bouleaux dénudés semblaient douter du printemps. Maria sortit du traîneau en frissonnant et n'accorda qu'une attention distraite aux jappements de Chien, à ses gambades, aux cris des enfants qui l'appelaient du seuil. Le monde lui paraissait curieusement vide, tout au moins pour un soir. Il ne lui restait plus d'amour et on lui défendait le regret. Elle rentra dans la maison très vite sans regarder autour d'elle, éprouvant un sentiment nouveau fait d'un peu de crainte et d'un peu de haine pour la campagne déserte, le bois sombre, le froid, la neige, toutes ces choses parmi lesquelles elle avait toujours vécu et qui l'avaient blessée.

XII

Comme mars venait, Tit'Bé rapporta un jour de Honfleur la nouvelle qu'il y aurait le soir, chez Ephrem Surprenant, une grande veillée à laquelle ils étaient tous priés.

Il fallait que quelqu'un restât pour garder la maison, et comme la mère Chapdelaine émit le désir de faire le voyage pour se distraire un peu, après ces longs mois de réclusion, ce fut Tit'Bé qui resta. Honfleur, le village le plus proche de leur maison, était à huit milles de distance; mais qu'étaient huit milles à faire en traîneau sur la neige à travers les bois, comparés au plaisir d'entendre des chansons et des histoires, et de causer avec d'autres gens venus de loin?

Il y avait nombreuse compagnie chez Ephrem Surprenant : plusieurs habitants du village d'abord, puis les trois Français qui

avaient acheté la terre de son neveu Lorenzo,
et enfin, à la grande surprise des Chapdelaine,
Lorenzo lui-même, revenu encore une fois des
Etats-Unis pour quelque affaire se rapportant
à cette vente et à la succession de son père. Il
accueillit Maria avec un empressement marqué
et s'assit auprès d'elle.

Les hommes allumèrent leurs pipes; l'on
causa du temps, de l'état des chemins, des nouvelles du comté; mais la conversation languissait
et chacun semblait attendre. Les regards
se tournaient instinctivement vers Lorenzo et
les trois Français, comme si de leur présence
simultanée dussent naturellement jaillir des
récits merveilleux, des descriptions de contrées
lointaines aux mœurs étranges. Les Français
arrivés dans le pays depuis quelques mois seulement, devaient ressentir une curiosité du même
ordre, car ils écoutaient et ne parlaient guère.

Samuel Chapdelaine, qui les rencontrait pour
la première fois, se crut autorisé à leur faire
subir un interrogatoire, selon la candide coutume canadienne.

« Alors, vous voilà rendus icitte pour
travailler la terre. Comment aimez-vous le
Canada?

— C'est un beau pays, neuf, vaste... Il y a
bien des mouches en été et les hivers sont

pénibles; mais je suppose que l'on s'y habitue
à la longue. »

C'était le père qui répondait, et ses deux fils
hochaient la tête, les yeux à terre. Leur aspect
eût suffi à les différencier des autres habitants
du village; mais dès qu'ils parlaient le fossé
semblait s'élargir encore et les paroles qui sortaient de leur bouche sonnaient comme des
mots d'une langue étrangère. Ils n'avaient pas
la lenteur de la diction canadienne. ni cet
accent indéfinissable qui n'est pas l'accent
d'une quelconque province française, mais seulement un accent paysan, en quoi les parlers
différents des émigrants d'autrefois se sont
confondus. Ils employaient des expressions et
des tournures de phrases que l'on n'entend
point au pays de Québec, même dans les villes,
et qui aux hommes simples rassemblés là parais-
saient recherchées et pleines de raffinement.

« Dans votre pays, avant de venir icitte, étiez-
vous cultivateurs aussi?

— Non.

— Quel métier donc que vous faisiez? »

Le Français hésita un instant avant de
répondre, se rendant compte peut-être que ce
qu'il allait dire serait étrange et difficile à
comprendre.

« Moi, j'étais accordeur, dit-il enfin. accordeur

de pianos; et mes deux fils que voilà étaient employés, Edmond dans un bureau et Pierre dans un magasin. »

Employés — commis — cela c'était clair pour tout le monde; mais la profession du père restait un peu obscure dans les esprits de ceux qui l'écoutaient.

Ephrem Surprenant répéta : « Accordeur de pianos; c'était ça, c'était bien ça! » Et il regarda son voisin Conrad Néron d'un air supérieur, et de défi, qui semblait dire : « Tu ne voulais pas me croire ou bien tu ne sais pas ce que c'est; mais tu vois... »

« Accordeur de pianos, répéta à son tour Samuel Chapdelaine, pénétrant lentement le sens des mots. Et c'est-il un bon métier, ça? Gagniez-vous de bonnes gages? Pas trop bonnes, eh!... Mais de même vous êtes ben instruits, vous et vos garçons; vous savez lire et écrire, et le calcul, eh? Et moi qui ne sais seulement pas lire.

— Ni moi! » ajouta promptement Ephrem Surprenant.

Conrad Néron et Egide Racicot firent chorus :
« Ni moi!
— Ni moi! »

Et tous se mirent à rire.

Le Français eut un geste vague d'indulgence, impliquant qu'ils pouvaient fort bien s'en pas-

ser et qu'à lui cela ne servirait guère,
maintenant.

« Alors vous n'étiez pas capables de vivre
comme il faut avec vos métiers, là-bas.
Oui... A cause, donc, que vous êtes venus par
icitte? »

Il demandait cela sans intention d'offense, en
toute simplicité, s'étonnant qu'ils eussent abandonné pour le dur travail de la terre des
besognes qui lui semblaient si plaisantes et si
faciles.

Pourquoi ils étaient venus?... Quelques mois
plus tôt ils auraient pu l'expliquer d'abondance, avec des phrases jaillies du cœur : la
lassitude du trottoir et du pavé, de l'air pauvre
des villes; la révolte contre la perspective sans
fin d'une existence asservie; la parole émouvante, entendue par hasard, d'un conférencier
prêchant sans risque l'évangile de l'énergie et
de l'initiative, de la vie saine et libre du sol
fécondé. Ils auraient su dire tout cela avec chaleur quelques mois plus tôt...

Maintenant ils ne pouvaient guère qu'esquis-
ser une moue évasive et chercher laquelle de
leurs illusions leur restait encore.

« On n'est pas toujours heureux dans les
villes, dit le père. Tout est cher, on vit
enfermé. »

Cela leur avait paru si merveilleux, dans leur étroit logement parisien, cette idée qu'au Canada ils passeraient presque toutes leurs journées dehors, dans l'air pur d'un pays neuf, près des grandes forêts. Ils n'avaient pas prévu les mouches noires, ni compris tout à fait ce que serait le froid de l'hiver, ni soupçonné les mille duretés d'une terre impitoyable.

« Est-ce que vous vous figuriez ça comme c'est, demanda encore Samuel Chapdelaine, le pays icitte, la vie?...

— Pas tout à fait, répondit le Français à voix basse. Non, pas tout à fait... »

Quelque chose passa sur son visage, qui fit dire à Ephrem Surprenant :

« Ah! c'est dur, icitte! »

Ils firent « oui » de la tête tous les trois et baissèrent les yeux : trois hommes aux épaules maigres, encore pâles malgré leurs six mois passés sur la terre, qu'une chimère avait arrachés à leurs comptoirs, à leurs bureaux, à leurs tabourets de piano, à la seule vie pour laquelle ils fussent faits. Car il n'y a pas que les paysans qui puissent être des déracinés. Ils avaient commencé à comprendre leur erreur, et qu'ils étaient trop différents, pour les imiter, des Canadiens qui les entouraient, dont ils n'avaient ni la force, ni la santé endurcie, ni la rudesse nécessaire, ni l'aptitude à toutes les besognes : agriculteurs, bûcherons, charpentiers, selon la saison et selon l'heure.

Le père hochait la tête, songeur; un des fils, les coudes sur ses genoux, contemplait avec une sorte d'étonnement les callosités que le dur travail des champs avait plaquées aux paumes de ses mains frêles. Tous trois avaient l'air de tourner et de retourner dans leurs esprits le bilan mélancolique d'une faillite. Autour d'eux l'on pensait : « Lorenzo leur a vendu son bien plus qu'il ne valait; ils n'ont plus guère d'argent et les voilà mal pris; car ces gens-là ne sont pas faits pour vivre sur la terre. »

La mère Chapdelaine voulut les encourager. un peu par pitié, un peu pour l'honneur de la culture.

« Ça force un peu au commencement quand on n'est pas accoutumé, dit-elle, mais vous verrez que quand votre terre sera pas mal avancée vous ferez une belle vie.

— C'est drôle, remarqua Conrad Néron, comme chacun a du mal à se contenter. En voilà trois qui ont quitté leurs places et qui sont venus de ben loin pour s'établir icitte et cultiver, et moi je suis toujours à me dire qu'il ne doit rien y avoir de plus plaisant que d'être tranquillement assis dans un office toute la

journée, la plume à l'oreille, à l'abri du froid
et du gros soleil.

— Chacun a son idée, décréta Lorenzo Surprenant, impartial.

— Et ton idée à toi, ça n'était point de rester
à Honfleur à suer sur les « chousses », fit
Racicot avec un gros rire.

— C'est vrai, et je ne m'en cache pas : ça ne
m'aurait pas adonné. Ces hommes icitte ont
acheté ma terre. C'est une bonne terre, personne ne peut rien dire à l'encontre; ils
avaient dessein d'en acheter une et je leur ai
vendu la mienne. Mais pour moi, je me trouve
bien où je suis et je n'aurais pas voulu
revenir. »

La mère Chapdelaine secoua la tête.

« Il n'y a pas de plus belle vie que la vie
d'un habitant qui a de la santé et point de
dettes, dit-elle. On est libre; on n'a point
de « boss »; on a ses animaux; quand on
travaille, c'est du profit pour soi... Ah! c'est
beau!

— Je les entends tous dire ça, répliqua
Lorenzo. On est libre; on est son maître. Et vous
avez l'air de prendre en pitié ceux qui travaillent dans les manufactures, parce qu'ils ont
un boss à qui il faut obéir. Libre... sur la terre...
allons donc! »

Il s'animait à mesure et parlait d'un air de défi.

« Il n'y a pas d'homme dans le monde qui soit moins libre qu'un habitant... Quand vous parlez d'hommes qui ont bien réussi, qui sont bien gréés de tout ce qu'il faut sur la terre et qui ont plus de chance que les autres, vous dites : « Ah! ils font une belle vie; ils sont à « l'aise; ils ont de beaux animaux. »

« Ça n'est pas ça qu'il faudrait dire. La vérité, c'est que ce sont les animaux qui les ont. Il n'y a pas de boss dans le monde qui soit aussi stupide qu'un animal favori. Quasiment tous les jours ils vous causent de la peine ou ils vous font du mal. C'est un cheval apeuré de rien qui s'écarte ou qui envoie les pieds; c'est une vache pourtant douce. tourmentée par les mouches. qui se met à marcher pendant qu'on la tire et qui vous écrase deux orteils. Et même quand ils ne vous blessent pas par aventure, il s'en trouve toujours pour gâter votre vie et vous donner du tourment...

« Je sais ce que c'est : j'ai été élevé sur une terre; et vous, vous êtes quasiment tous habitants et vous le savez aussi. On a travaillé fort tout l'après-midi; on rentre à la maison pour dîner et prendre un peu de repos. Et puis avant qu'on soit assis à table, voilà un enfant qui

crie : « Les vaches ont sauté la clôture »; ou
bien : « Les moutons sont dans le grain. » Et
tout le monde se lève et part à courir, en
pensant à l'avoine ou à l'orge qu'on a eu tant
de mal à faire pousser et que ces pauvres fous
d'animaux gaspillent. Les hommes galopent,
brandissent des bâtons, s'essoufflent; les femmes
sortent dans la cour et crient. Et puis quand
on a réussi à remettre les vaches ou les moutons
au clos et à relever les clôtures de pieux, et
qu'on rentre, bien « resté », on trouve la soupe
aux pois refroidie et pleine de mouches, le lard
sous la table, grugé par les chiens et les chats,
et l'on mange n'importe quoi, en hâte, avec la
peur du nouveau tour que les pauvres brutes
sont peut-être à préparer encore.

« Vous êtes les serviteurs de vos animaux :
voilà ce que vous êtes. Vous les soignez, vous
les nettoyez; vous ramassez leur fumier comme
les pauvres ramassent les miettes des riches. Et
c'est vous qui les faites vivre à force de
travail, parce que la terre est avare et l'été
trop court. C'est comme cela et il n'y a pas
moyen que cela change, puisque vous ne pouvez pas vous passer d'eux; sans animaux on ne
peut pas vivre sur la terre. Mais quand bien
même on pourrait... Quand bien même on pourrait... Vous auriez encore d'autres maîtres : l'été

qui commence trop tard et qui finit trop tôt,
l'hiver qui mange sept mois de l'année sans
profit, la sécheresse et la pluie qui viennent
toujours mal à point...

« Dans les villes on se moque de ces
choses-là; mais ici vous n'avez pas de défense
contre elles et elles vous font du mal; sans
compter le grand froid, les mauvais chemins, et
de vivre seuls, loin de tout, sans plaisirs. C'est
de la misère, de la misère, de la misère du commencement à la fin. On dit souvent qu'il n'y a
pour réussir sur la terre que ceux qui sont nés
et qui ont été élevés sur la terre; comme de
raison... Les autres, ceux qui ont habité les
villes, pas de danger qu'ils soient assez simples
pour se contenter d'une vie de même! »

Il parlait avec chaleur, et d'abondance, en
citadin qui cause chaque jour avec ses semblables, lit les journaux, entend les orateurs de
carrefour. Ceux qui l'écoutaient, étant d'une
race sensible à la parole, se sentaient entraînés
par ses critiques et ses plaintes, et la dureté
réelle de leur vie leur apparaissait d'une façon
nouvelle et saisissante qui les surprenait eux-
mêmes.

La mère Chapdelaine pourtant secouait la tête.

« Ne dites pas ça; il n'y a pas de plus belle vie
que celle d'un habitant qui a une bonne terre.

— Pas de ce pays-ci, madame Chapdelaine.
Vous êtes trop loin vers le Nord; l'été est trop
court; le grain n'a pas eu le temps de pousser que
déjà les froids arrivent. Quand je remonte par
icitte à chaque voyage, venant des Etats, et que
je vois les petites maisons de planches perdues
dans le pays, si loin les unes des autres et qui ont
l'air d'avoir peur, et le bois qui commence et qui
vous cerne de tous les côtés... Batêche, je me sens
tout découragé pour vous autres, moi qui n'y
habite plus, et j'en suis à me demander comment
ça se fait que tous les gens d'icitte ne sont pas
partis voilà longtemps pour s'en aller dans des
places moins dures, où on trouve tout ce qu'il
faut pour faire une belle vie, et où on peut sortir l'hiver et aller se promener sans avoir peur
de mourir... »

Sans avoir peur de mourir... Maria frissonna
tout à coup et songea aux secrets sinistres que
cache la forêt verte et blanche. C'est vrai ce que
disait là Lorenzo Surprenant; c'était un pays sans
pitié et sans douceur. Toute l'inimitié mena-
çante du dehors, le froid, la neige profonde, la
solitude semblèrent entrer soudain dans la maison et s'asseoir autour du poêle comme un
essaim de mauvaises fées, avec des ricanements
prophétiques de malchance ou des silences plus
terribles encore.

« Te souviens-tu des beaux garçons aimés
que nous avons tués et cachés dans le bois, ma
sœur? Leurs âmes ont pu nous échapper; mais
leurs corps, leurs corps, leurs corps... personne
ne vous les reprendra jamais... »

Le bruit du vent aux angles de la maison res-
semble à un rite lugubre, et il semble à Maria
que tous ceux qui sont réunis là entre les murs
de planches courbent l'échine et parlent bas,
comme des gens dont la vie est menacée, et qui
craignent.

Sur tout le reste de la veillée un peu de tristesse pesa, tout au moins pour elle. Racicot
racontait des histoires de chasse, des histoires
d'ours pris au piège, qui se démenaient et gron-
daient si férocement à la vue du trappeur, que
celui-ci tremblait et perdait courage, et puis qui
s'abandonnaient tout à coup quand ils voyaient
les chasseurs revenir en nombre et les fusils
meurtriers braqués sur eux; qui s'abandonnaient, se cachaient la tête entre leurs pattes et
se lamentaient avec des cris et des gémissements
presque humains, déchirants et pitoyables.

Après les histoires de chasse vinrent des histoires de revenants et d'apparitions; des récits
de visions terrifiantes ou d'avertissements prodigieux reçus par des hommes qui avaient blasphémé ou mal parlé des prêtres. Et après cela,

comme personne ne consentait à chanter, l'on
joua aux cartes; la conversation descendit à des
sujets moins émouvants, et le seul souvenir que
Maria emporta avec elle de ce qui fut dit alors,
quand le traîneau la ramena avec ses parents
vers leur maison, à travers les bois enténébrés,
fut celui de Lorenzo Surprenant parlant des
Etats-Unis et de la vie magnifique des grandes
cités, de la vie plaisante, sûre, et des belles rues
droites, inondées de lumière le soir, pareilles à
des merveilleux spectacles sans fin.

Avant le départ Lorenzo lui avait dit à demi-
voix, presque en confidence :

« C'est demain dimanche... J'irai vous voir
après-midi. »

Quelques courtes heures de nuit, un matin
de soleil sur la neige, et voici qu'il était de
nouveau près d'elle, reprenant ses récits merveilleux comme un plaidoyer interrompu.

Car c'était pour elle surtout qu'il avait parlé
la veille au soir; elle le comprit clairement. Le
grand mépris qu'il avait témoigné pour la vie
des campagnes; ses descriptions de l'existence
glorieuse des villes, ce n'avait été que la préface
d'une tentation dont il lui mettait maintenant
sous les yeux les vingt aspects comme on feuil-
lette un livre d'images.

« Oh! Maria, vous ne pouvez pas vous ima-

giner. Les magasins de Roberval, la grand-
messe, une veillée dramatique dans un couvent;
voilà tout ce que vous avez vu de plus beau
encore. Eh bien, toutes ces choses-là, les gens
qui ont habité les villes ne feraient qu'en rire.
Vous ne pouvez pas vous imaginer... Rien qu'à
vous promener sur les trottoirs des grandes rues,
un soir, quand la journée de travail est finie, —
pas des petits trottoirs de planches comme à
Roberval, mais de beaux trottoirs d'asphalte
plats comme une table et larges comme une
salle, — rien qu'à vous promener de même,
avec les lumières, les chars électriques qui
passent tout le temps, les magasins, le monde,
vous verriez de quoi vous étonner pour des
semaines. Et tous les plaisirs qu'on peut avoir;
le théâtre, les cirques, les gazettes avec des
images, et dans toutes les rues des places où
l'on peut entrer pour un nickel, cinq *cents*,
et rester deux heures à pleurer et à rire. Oh!
Maria! Penser que vous ne savez même pas ce
que c'est que les vues animées! »

Il se tut quelques instants, repassant dans
sa mémoire le spectacle prodigieux des cinéma-
tographes et se demandant s'il pourrait l'expliquer et en raconter les péripéties ordinaires :
l'histoire touchante des petites filles abandon-
nées ou perdues dont la vie est condensée sur

l'écran en douze minutes de misère atroce et trois minutes de réparation et d'apothéose dans un salon d'un luxe exagéré... Les galopades effrénées des cowboys à la poursuite des Indiens ravisseurs; l'épouvantable fusillade; la délivrance ultime des captifs, à la dernière seconde, par les soldats qui arrivent en trombe, brandissant magnifiquement la bannière étoilée...

Après une minute d'hésitation, il secoua la tête, reconnaissant son impuissance à peindre toutes ces choses avec des mots.

Ils marchaient ensemble sur la neige, les raquettes aux pieds, dans les brûlés qui couvrent la berge haute de la rivière Péribonka au-dessus de la chute. Lorenzo Surprenant n'avait eu recours à aucun prétexte pour obtenir que Maria sortît avec lui; il le lui avait demandé simplement, devant tous, et maintenant il lui parlait d'amour avec la même simplicité directe et pratique.

« Le premier jour que je vous ai vue, Maria, le premier jour... c'est vrai! Voilà longtemps que je n'étais revenu au pays, et j'étais à me dire que c'était une misérable place pour vivre, que les hommes étaient une « gang » de simples qui n'avaient rien vu et que les filles n'étaient sûrement pas aussi fines ni aussi smart que celles des Etats... Et puis rien qu'à vous

regarder, je me suis dit tout d'un coup que
c'était moi qui n'étais qu'un simple, parce que
ni à Lowell ni à Boston je n'avais vu de
fille comme vous. Après que j'étais retourné
là-bas, dix fois par jour je pensais que peut-être
bien quelque malavenant d'habitant allait
venir vous chercher et vous prendre, et chaque
fois ça me faisait froid dans le dos. C'est pour
vous que je suis revenu, Maria, revenu de tout
près de Boston jusqu'icitte : trois jours de
voyage! Les affaires que j'avais, j'aurais pu les
faire par lettre; c'est pour vous que je suis
revenu, pour vous dire ce que j'avais à dire et
savoir ce que vous me répondriez. »

Toutes les fois que le sol était nu l'espace de
quelques pieds devant eux, dépourvu de chicots et de racines, et qu'il pouvait relever les
yeux sans crainte de trébucher dans la neige,
il la regardait, mais ne voyait d'elle que son
profil penché, à l'expression patiente et tranquille, entre son bonnet de laine et le long
gilet de laine qui moulait ses formes héroïques.
de sorte que chaque regard lui rappelait ses raisons d'aimer sans lui rapporter de réponse.

« Icitte, ce n'est pas une place, pour vous,
Maria. Le pays est trop dur, et le travail est
dur aussi : on se fait mourir rien que pour
gagner son pain. Là-bas, dans les manufactures,

fine et forte comme vous êtes, vous auriez
vite fait de gagner quasiment autant que moi;
mais si vous étiez ma femme, vous n'auriez pas
besoin de travailler. Je gagne assez pour deux,
et nous ferions une belle vie; des toilettes
propres, un joli plain-pied dans une maison en
briques, avec le gaz, l'eau chaude, toutes sortes
d'affaires dont vous n'avez pas l'idée et qui
vous épargnent du trouble et de la misère à
chaque instant. Et ne vous figurez pas qu'il n'y
a que des « Anglâs » par là; je connais bien
des familles canadiennes qui travaillent comme
moi ou bien qui ont des magasins. Et il y a
une belle église, avec un prêtre canadien :
M. le curé Tremblay, de Sainte-Hyacinthe. Vous
ne vous ennuieriez pas... »

Il hésita encore, et promena son regard
autour de lui sur le sol blanc semé de souches
brunes, sur le plateau austère qui un peu plus
loin descendait d'une seule course jusqu'à la
rivière glacée, comme s'il cherchait des argu-
ments décisifs.

« Je ne sais pas quoi vous dire... Vous avez
toujours vécu par icitte et vous ne pouvez pas
vous figurer comment c'est ailleurs, et je ne
suis pas capable de vous le faire comprendre
rien qu'en parlant. Mais je vous aime, Maria,
je gagne de bonnes gages et je ne prends pas

un coup jamais. Si vous voulez bien me marier comme je vous le demande, je vous emmènerai dans des places qui vous étonneront; de vraies belles places pas en tout comme par icitte, où on peut vivre comme du monde, et faire un règne heureux. »

Maria resta muette, et pourtant chacune des phrases de Lorenzo Surprenant était venue battre son cœur comme une lame s'abat sur la grève. Ce n'étaient point les protestations d'amour qui la touchaient, encore qu'elles fussent sincères et honnêtes, mais les descriptions par lesquelles il cherchait à la tenter. Il n'avait parlé que de plaisirs vulgaires, de mesquins avantages de confortable ou de vanité; mais considérez que ces choses étaient les seules qu'elle pût comprendre avec exactitude, et que tout le reste — la magie mystérieuse des cités, l'attirance d'une vie différente, inconnue, au centre même du monde humain et non plus sur son extrême lisière — n'avait que plus de force de rester ainsi impalpable et vague, pareil à une clarté lointaine.

Tout ce qu'il y a de merveilleux, d'enivrant, dans le spectacle et le contact des multitudes; toute la richesse fourmillante de sensations et d'idées qui est l'apanage pour lequel le citadin a troqué l'orgueil âpre de la terre. Maria pressentait tout cela confusément, comme une vie nouvelle dans un monde nouveau, une glorieuse métempsycose dont elle avait la nostalgie d'avance. Mais surtout elle avait un grand désir de s'en aller.

Le vent soufflait de l'est et chassait devant lui une armée de nuages tristes chargés de neige. Ils défilaient comme une menace au-dessus du sol blanc et des bois sombres; le sol semblait attendre une autre couche à son linceul, et les sapins, les épinettes, les cyprès, serrés les uns contre les autres, n'oscillaient pas, figés dans cet aspect de grande résignation qu'ont les arbres aux troncs droits. Les souches émergeaient de la neige comme des épaves. Rien dans le paysage ne parlait de printemps possible ni d'une saison future de chaleur et de fécondité : c'était plutôt un pan de quelque planète déshéritée où ne régnait jamais que la froide mort.

Ce froid, cette neige, cette campagne endormie, l'austérité des arbres sombres, Maria Chapdelaine avait connu cela toute sa vie; et maintenant pour la première fois elle y songeait avec haine et avec crainte. Quels paradis ce devaient être ces contrées du sud où l'hiver était fini en mars et où dès avril les feuilles se montraient! Au plus fort de l'hiver l'on pou-

vait marcher sur les chemins sans raquettes,
sans fourrures, loin des bois sauvages. Et dans
les villes, les rues...

Des questions tremblèrent sur ses lèvres.
Elle eût voulu savoir s'il y avait de hautes maisons et des magasins des deux côtés de ces rues.
sans interruption, comme on le lui avait dit,
si les chars électriques marchaient toute l'année;
si la vie était bien chère... Et des réponses à
toutes ces questions n'eussent satisfait qu'une
partie de sa curiosité émue et laissé subsister
presque tout le vague merveilleux du grand
mirage.

Elle demeura silencieuse, pourtant, craignant
de rien dire qui ressemblât à un commencement
de promesse. Lorenzo la regarda longuement
tout en marchant à côté d'elle sur la neige,
et il ne devina rien de ce qui se passait dans son
cœur.

« Vous ne voulez pas, Maria? Vous n'avez
pas d'amitié pour moi, ou bien c'est-il que vous
ne pouvez pas vous décider encore? »

Comme elle ne répondait toujours pas, il s'ac-
crocha à cette dernière supposition par peur
d'un refus définitif.

« Vous n'avez pas besoin de dire oui de suite,
bien sûr! Il n'y a guère longtemps que vous
me connaissez... Seulement pensez à ce que je

vous ai dit. Je reviendrai, Maria. C'est un grand
voyage, et qui coûte cher; mais je reviendrai. Et si vous pensez assez, vous verrez qu'il
n'y a pas un garçon dans le pays avec qui vous
pourriez faire un règne comme vous ferez avec
moi, parce que si vous me mariez, nous
vivrons comme du monde, au lieu de nous tuer
à soigner des animaux et à gratter la terre dans
des places désolées... »

Ils rentrèrent. Lorenzo causa quelque temps
du voyage qui l'attendait, des Etats où il allait
trouver le printemps déjà venu, du travail abon-
dant et bien payé dont témoignaient ses vêtements élégants et sa bonne mine. Puis il partit,
et Maria, qui avait laborieusement détourné les
yeux devant les siens, s'assit près de la fenêtre
et regarda la nuit et la neige descendre
ensemble, en songeant à son grand ennui.

XIII

Personne ne posa de questions à Maria. ni ce soir-là ni les soirs suivants; mais quelque membre de la famille dut parler à Eutrope Gagnon de la visite de Lorenzo Surprenant et de ses intentions évidentes. car le dimanche d'après Eutrope vint à son tour, après le repas de midi, et Maria entendit un deuxième aveu d'amour.

François Paradis était venu au cœur de l'été, descendant du pays mystérieux situé « en haut des rivières »; le souvenir des très simples paroles qu'il avait prononcées était tout mêlé à celui du grand soleil éclatant, des bleuets mûrs, des dernières fleurs de bois de charme se fanant dans la brousse. Après lui Lorenzo Surprenant avait apporté un autre mirage : le mirage des belles cités lointaines et de la vie qu'il offrait, riche de merveilles inconnues.

Eutrope Gagnon, quand il parla à son tour, le
fit timidement, avec une sorte de honte
et comme découragé d'avance, comprenant qu'il
n'avait rien à offrir qui eût de la force pour
tenter.

Hardiment il avait demandé à Maria de
venir se promener avec lui; mais quand ils
eurent mis leurs manteaux et ouvert la porte, ils
virent que la neige tombait. Maria s'était
arrêtée sur le perron, hésitante, une main sur
le loquet, faisant mine de rentrer; et lui, craignant de laisser échapper l'occasion, s'était mis
à parler de suite, se dépêchant comme s'il redou-
tait de ne pouvoir tout dire.

« Vous savez bien que j'ai de l'amitié pour
vous, Maria. Je ne vous en avais pas parlé
encore, d'abord parce que ma terre n'était pas
assez avancée pour que nous puissions vivre
dessus comme il faut tous les deux, et après
ça parce que j'avais deviné que c'était François
Paradis que vous aimiez mieux. Mais puisqu'il
est mort maintenant et que cet autre garçon
des Etats est après vous, je me suis dit que
moi aussi je pourrais bien essayer ma chance... »

La neige descendait maintenant en flocons
serrés; elle dégringolait du ciel gris, faisait un
papillonnement blanc devant l'immense bande
sombre qui était la lisière de la forêt, et puis

allait se joindre à cette autre neige que cinq
mois d'hiver avaient accumulée sur le sol.

« Je ne suis pas riche, bien sûr; mais j'ai
deux lots à moi, tout payés, et vous savez que
c'est de la bonne terre. Je vais travailler dessus
tout le printemps, dessoucher le grand morceau
en bas du cran, faire de bonnes clôtures, et
quand mai viendra j'en aurai grand prêt à être
semé. Je sèmerai cent trente minots, Maria...
cent trente minots de blé, d'orge et d'avoine,
sans compter un arpent de « gaudriole » pour
les animaux. Tout ce grain-là, du beau grain
de semence, je l'achèterai à Roberval et
je paierai cash sur le comptoir, de même...
J'ai l'argent de côté tout prêt; je paierai cash.
sans un *cent* de dette à personne, et si seulement c'est une année ordinaire, ça fera
une belle récolte. Pensez donc, Maria, cent
trente minots de beau grain de semence dans
de la bonne terre! Et pendant l'été, avant les
foins, et puis entre les foins et la moisson, ça
serait le bon temps pour élever une belle petite
maison chaude et solide, toute en épinette
rouge. J'ai le bois tout prêt, coupé, empilé derrière ma grange; mon frère m'aidera et
peut-être aussi Esdras et Da'Bé quand ils seront
revenus. L'hiver d'après je monterai aux chantiers avec un cheval et je reviendrai au prin-

temps avec pas moins de deux cents piastres dans ma poche, clair. Alors, si vous aviez bien voulu m'attendre, ça serait le temps... »

Maria restait appuyée à la porte, une main sur le loquet, détournant les yeux. C'était cela tout ce qu'Eutrope Gagnon avait à lui offrir; attendre un an et puis devenir sa femme et continuer la vie d'à présent, dans une autre maison de bois, sur une autre terre mi-défrichée... Faire le ménage et l'ordinaire, tirer les vaches, nettoyer l'étable quand l'homme serait absent, travailler dans les champs peut-être, parce qu'ils ne seraient que deux et qu'elle était forte. Passer les veillées au rouet ou à radouber de vieux vêtements... Prendre une demi-heure de repos parfois l'été, assise sur le seuil, en face de quelques champs enserrés par l'énorme bois sombre; ou bien, l'hiver, faire fondre avec son haleine un peu de givre opaque sur la vitre et regarder la neige tomber sur la campagne déjà blanche et sur le bois... Le bois... Toujours le bois, impénétrable, hostile, plein de secrets sinistres, fermé autour d'eux comme une poigne cruelle qu'il faudrait desserrer peu à peu, peu à peu, année par année, gagnant quelques arpents chaque fois au printemps et à l'automne, année par année, à travers toute une longue vie terne et dure.

Non, elle ne voulait pas vivre comme cela.

« Je sais bien qu'il faudrait travailler fort pour commencer, continuait Eutrope, mais vous êtes vaillante, Maria, et accoutumée à l'ouvrage. et moi aussi. J'ai toujours travaillé fort; personne n'a pu dire jamais que j'étais lâche, et si vous vouliez bien me marier ça serait mon plaisir de peiner comme un bœuf toute la journée pour vous faire une belle terre et que nous soyons à l'aise avant d'être vieux. Je ne prends pas de boisson, Maria, et je vous aimerai bien... »

Sa voix trembla et il étendit la main vers le loquet à son tour, peut-être pour prendre sa main à elle, peut-être pour l'empêcher d'ouvrir la porte et de rentrer avant d'avoir donné sa réponse.

« L'amitié que j'ai pour vous... ça ne peut pas se dire... »

Elle ne répondait toujours rien. Pour la deuxième fois un jeune homme lui parlait d'amour et mettait dans ses mains tout ce qu'il avait à donner, et pour la deuxième fois elle écoutait et restait muette, embarrassée, ne se sauvant de la gaucherie que par l'immobilité et le silence. Les jeunes filles des villes l'eussent trouvée niaise; mais elle n'était que simple et sincère, et proche de la nature, qui ignore les mots. En d'autres temps, avant que le monde

fût devenu compliqué comme à présent, sans
doute de jeunes hommes, mi-violents et mi-
timides, s'approchaient-ils d'une fille aux
hanches larges et à la poitrine forte pour offrir
et demander, et toutes les fois que la nature
n'avait pas encore parlé impérieusement en elle,
sans doute elle les écoutait en silence, prêtant l'oreille moins à leur discours qu'à une voix
intérieure et préparant le geste d'éloignement
qui la défendrait contre toute requête trop
ardente, en attendant... Les trois amoureux de
Maria Chapdelaine n'avaient pas été attirés par
des paroles habiles ou gracieuses, mais par la
beauté de son corps et par ce qu'ils pressen-
taient de son cœur limpide et honnête; quand
ils lui parlaient d'amour elle restait semblable
à elle-même, patiente, calme, muette tant
qu'elle ne voyait rien qu'il leur fallût dire, et
ils ne l'en aimaient que davantage.

« Ce garçon des Etats est venu vous faire de
beaux discours, mais il ne faut pas vous laisser
prendre... »

Il devina son geste ébauché de protestation
et se fit plus humble.

« Oh! vous êtes bien libre, comme de raison;
et je n'ai rien à dire contre lui. Mais vous seriez
mieux de rester icitte, Maria, parmi des gens
comme vous. »

A travers la neige qui tombait, Maria regardait l'unique construction de planches, mi-étable et mi-grange, que son père et ses frères avaient élevée cinq ans plus tôt, et elle lui trouvait un aspect à la fois répugnant et misérable, maintenant qu'elle avait commencé à se figurer les édifices merveilleux des cités. L'intérieur chaud et fétide, le sol couvert de fumier et de paille souillée, la pompe dans un coin, dure à manœuvrer et qui grinçait si fort, l'extérieur désolé, tourmenté par le vent froid, souffleté par la neige incessante, c'était le symbole de ce qui l'attendait si elle épousait un garçon comme Eutrope Gagnon, une vie de labeur grossier dans un pays triste et sauvage.

Elle secoua la tête.

« Je ne peux rien vous dire, Eutrope, ni oui ni non; pas maintenant... Je n'ai rien promis à personne. Il faut attendre. »

C'était plus qu'elle n'en avait dit à Lorenzo Surprenant et pourtant Lorenzo était parti plein d'assurance et Eutrope sentit qu'il avait tenté sa chance, et perdu. Il s'en alla seul à travers la neige, tandis qu'elle rentrait dans la maison.

Mars se traîna en jours tristes; un vent froid poussait d'un bout à l'autre du ciel les nuages gris, ou balayait la neige; il fallait étudier le

calendrier, don d'un marchand de grain de
Roberval, pour comprendre que le printemps
venait.

Les journées qui suivirent furent pour Maria
toutes pareilles aux journées d'autrefois, ramenant les mêmes tâches, accomplies de la même
manière; mais les soirées devinrent diffé-
rentes, remplies par un effort de pensée pathétique. Sans doute ses parents avaient-ils deviné
ce qui s'était passé; mais respectant son
silence, ils ne lui offraient pas de conseils et
elle n'en demandait pas. Elle avait conscience
qu'il n'appartenait qu'à elle de faire son choix
et d'arrêter sa vie, et se sentait pareille à une
élève debout sur une estrade devant des yeux
attentifs, chargée de résoudre sans aide un pro-
blème difficile.

C'était ainsi : quand une fille arrivait à un
certain âge, lorsqu'elle était plaisante à voir,
saine et forte, habile à toutes les besognes de
la maison et de la terre, de jeunes hommes lui
demandaient à l'épouser. Et il fallait qu'elle
dît : « Oui » à celui-là, « Non » à l'autre...

Si François Paradis ne s'était pas écarté sans
retour dans les bois désolés, tout eût été facile.
Elle n'aurait pas eu à se demander ce qu'il lui
fallait faire : elle serait allée droit vers lui,
poussée par une force impérieuse et sage, aussi

sûre de bien faire qu'un enfant qui obéit. Mais il était parti; il ne reviendrait pas comme il l'avait promis, ni au printemps, ni plus tard, et M. le curé de Saint-Henri avait défendu de continuer par un long regret la longue attente.

Oh! mon Dou! Quel temps merveilleux ç'avait été que le commencement de cette attente! Quelque chose se gonflait et s'ouvrait dans son cœur de semaine en semaine, comme une belle gerbe riche dont les épis s'écartent et se penchent, et une grande joie venait vers elle en dansant... Non, c'était plus vif et plus fort que cela. C'était pareil à une grande flamme-lumière aperçue dans un pays triste, à la brunante, une promesse éclatante vers laquelle on marche, oubliant les larmes qui avaient été sur le point de venir en disant d'un air de défi : « Je savais bien... je savais bien qu'il y avait quelque part dans le monde quelque chose comme cela. » Fini. Oui, c'était fini. Maintenant il fallait faire semblant de n'avoir rien vu, et chercher laborieusement son chemin, en hésitant dans le triste pays sans mirage.

Le père Chapdelaine et Tit'Bé fumaient sans rien dire, assis près du poêle; la mère tricotait des bas; Chien, couché sur le ventre, la tête

entre ses pattes allongées, clignait doucement
des yeux, jouissant de la bonne chaleur. Télesphore s'était endormi, son catéchisme ouvert
sur les genoux, et la petite Alma-Rose, qui était
encore éveillée, elle, hésitait depuis plusieurs
minutes déjà entre un grand désir de faire
remarquer la paresse inexcusable de son frère et
la honte d'une pareille trahison.

Maria baissa les yeux, reprit son ouvrage,
et suivit un peu plus loin encore sa pensée
obscure et simple.

Quand une fille ne sent pas ou ne sent plus
la grande force mystérieuse qui la pousse vers
un garçon différent des autres, qu'est-ce qui doit
la guider? Qu'est-ce qu'elle doit chercher
dans le mariage? Avoir une belle vie assurément faire un règne heureux.

Ses parents auraient préféré qu'elle épousât
Eutrope Gagnon — elle le savait —, d'abord
parce qu'elle resterait ainsi près d'eux et ensuite
parce que la vie de la terre était la seule
qu'ils connussent, et qu'ils l'imaginaient natu-
tellement supérieure à toutes les autres. Eutrope
était un bon garçon, vaillant et tranquille.
et il l'aimait; mais Lorenzo Surprenant l'aimait
aussi; il était également sobre, travailleur; il
était en somme resté Canadien, tout pareil aux
gens parmi lesquels elle vivait; il allait à

l'église... Et il lui apportait comme un présent
magnifique un monde éblouissant, la magie des
villes; il la délivrerait de l'accablement de la
campagne glacée et des bois sombres...

Elle ne pouvait se résoudre encore à se dire :
« Je vais épouser Lorenzo Surprenant. » Mais
en vérité son choix était fait. Le norouâ meurtrier qui avait enseveli François Paradis sous
la neige, au pied de quelque cyprès mélancolique, avait fait sentir à Maria du même coup
toute la tristesse et la dureté du pays qu'elle
habitait et lui avait inspiré la haine des hivers
du Nord, du froid, du sol blanc, de la solitude,
des grandes forêts inhumaines où tous les arbres
ont l'aspect des arbres de cimetière. L'amour
— le vrai amour — avait passé près d'elle...
Une grande flamme chaude et claire qui s'était
éloignée pour ne plus revenir. Il lui en était
resté une nostalgie, et maintenant elle se prenait à désirer une compensation et comme un
remède l'éblouissement d'une vie lointaine dans
la clarté pâle des cités.

XIV

Un soir d'avril la mère Chapdelaine refusa de se mettre à table avec les autres à l'heure du souper.

« J'ai mal dans le corps et je n'ai pas faim, dit-elle. Je pense que je me suis forcée en levant la poche de fleur aujourd'hui pour faire le pain; maintenant je sens quelque chose dans le dos qui me tire... et je n'ai pas faim. »

Personne ne répondit rien. Les gens qui vivent d'une vie facile sont prompts à s'inquiéter dès que chez l'un d'entre eux le mécanisme humain se dérange; mais ceux qui vivent sur la terre en sont venus à trouver presque naturel que parfois leur dur métier les surmène et que quelque fibre de leur corps se rompe. Pendant que le père et les enfants mangeaient. la mère Chapdelaine resta immobile sur sa chaise, près du poêle. Elle haletait un peu et sa figure grasse s'altérait.

« Je vas me coucher, dit-elle bientôt. Une bonne nuit et demain matin je serai correcte, certain! Tu guetteras la cuite, Maria. »

Le lendemain, en effet, elle se leva à son heure ordinaire; mais quand elle eut préparé la pâte pour les crêpes, la peine la terrassa et elle dut s'allonger de nouveau. Près du lit elle s'arrêta un instant, se tenant les reins des deux mains et s'assura que la besogne du jour serait faite.

« Tu donneras à manger aux hommes, Maria. Et ton père t'aidera à tirer les vaches, si tu veux. Je ne suis bonne à rien ce matin.

— C'est bon, « sa » mère; c'est bon, répondit Maria. Reposez-vous tranquillement; nous n'aurons pas de misère. »

Pendant deux jours, elle resta couchée, surveillant de son lit toute la vie domestique, donnant des conseils.

« Tourmente-toi point, lui répétait son mari sans cesse. Il n'y a quasiment rien à faire dans la maison à part de l'ordinaire, et pour ça Maria est bien capable, et pour le reste aussi, batèche! Elle n'est plus une petite fille à cette heure : elle est aussi capable comme toi. Reste sans bouger, ben à l'aise, au lieu de « bardasser » tout le temps entre les couvertes et d'empirer ton mal. »

Le troisième jour elle cessa de penser aux soins du ménage et commença à se lamenter.

« Oh! mon Dou, gémissait-elle. J'ai mal dans tout le corps et la tête me brûle. Je vas mourir! »

Le père Chapdelaine essaya de la réconforter en plaisantant.

« Tu mourras quand le bon Dieu voudra que tu meures, et à mon idée ça n'est pas encore de ce temps icitte. Qu'est-ce qu'il ferait de toi? Le paradis est plein de vieilles femmes, au lieu qu'icitte nous n'en avons qu'une et elle peut encore rendre des services, des fois... »

Mais il commençait à s'inquiéter et tint conseil avec sa fille.

« Je pourrais atteler et aller virer à la Pipe, proposa-t-il. Peut-être bien qu'au magasin ils ont des remèdes pour cette maladie-là; ou bien j'en causerais à M. le curé et il me dirait quoi faire. »

Avant qu'ils eussent pris une décision, la nuit était venue et Tit'Bé, qui était allé aider Eutrope Gagnon à scier du bouleau pour son poêle, rentra et le ramena avec lui.

« Eutrope a un remède », dit-il.

Ils se rassemblèrent tous autour d'Eutrope,

qui prit dans une de ses poches et ouvrit lentement une petite boite de fer-blanc.

« Voilà ce que j'ai, fit-il d'un air de doute.
C'est des pilules. Quand mon frère a eu mal aux
rognons, voilà trois ans passés, il a vu dans une
gazette une annonce pour ces pilules-là, qui
disait qu'elles étaient bonnes; alors il a envoyé
de l'argent pour une boîte. Il dit que c'est un
bon remède. Son mal n'est pas parti de suite,
comme de raison; mais il dit que c'est un bon
remède. Ça vient des Etats... »

Pendant quelques instants, ils contemplèrent
sans mot dire les quelques pilules grises qui
roulaient çà et là sur le fond de la boîte. Un
remède... préparé par quelque homme repu
de science en des pays lointains... Le même respect troublé les courbait qu'inspire aux Indiens
la décoction d'herbes cueillies par une nuit de
pleine lune, au-dessus de laquelle le guérisseur
de la tribu a récité les formules magiques.

Maria questionna d'une voix hésitante :

« C'est-il bien aux rognons qu'elle a mal,
seulement?

— D'après ce que Tit'Bé m'avait dit, j'avais
pensé que c'était ça. »

Le père Chapdelaine fit un geste évasif.

« Elle s'est forcée en levant la poche de fleur,
qu'elle dit, et maintenant voilà qu'elle a màl

dans tout le corps. On ne peut pas savoir...

— La gazette qui parlait de ce remède-là, reprit Eutrope Gagnon, disait comme ça que quand le monde tombait malade et pâtissait, c'était à cause des rognons, toujours; et pour les rognons, ces pilules-là, c'est extra. La gazette le disait, et mon frère aussi.

— Quand même ça ne serait pas pour ce mal-là tout à fait, dit Tit'Bé d'un air de respect, c'est un remède toujours...

— Elle pâtit, c'est sûr : on ne peut pas la laisser comme ça. »

Ils s'approchèrent du lit où la malade gémissait et respirait bruyamment, tentant par intervalles des mouvements légers que suivaient des plaintes plus aiguës.

« Eutrope t'a apporté un remède, Laura.

— J'y crois point à vos remèdes », répondit-elle entre deux plaintes.

Mais elle regarda pourtant avec intérêt les pilules grises qui roulaient sans cesse dans la boîte de fer-blanc, comme si elles eussent été animées d'une vie surnaturelle.

« Mon frère en a mangé, voilà trois ans passés. quand il avait le mal de rognons si fort qu'il ne pouvait quasiment plus travailler, et il dit que ça lui a fait du bien. Oh! c'est un bon remède, madame Chapdelaine, certain! »

A mesure qu'il parlait, son hésitation primitive s'évanouissait, et il se sentait envahi d'une
grande confiance.

« Ça va vous guérir, madame Chapdelaine,
sûr comme il y a un bon Dieu. C'est un remède
de première classe : mon frère l'a fait venir des
Etats exprès. Vous ne trouveriez pas un remède
comme ça au magasin de la Pipe, sûrement.

— Ça ne peut pas la rendre pire? interrogea
Maria avec un reste de crainte. Ça n'est pas du
poison ni une affaire de même? »

Tous les hommes protestèrent ensemble avec
une sorte d'indignation.

« Faire du mal, des petites pilules pas plus
grosses que ça!

— Mon frère en a mangé quasiment une
boîte, et il dit que c'est du bien que ça lui a
fait. »

Quand Eutrope partit, il laissa les pilules derrière lui; la malade n'avait pas encore consenti
à en prendre, mais sa résistance diminuait de
force à chaque fois.

Elle en prit deux au milieu de la nuit, deux
autres au matin, et pendant les heures qui suivirent tout le monde attendit avec confiance que
la magie du remède opérât. Mais vers midi
il fallut se rendre à l'évidence; elle souffrait
toujours autant et continuait à se plaindre. Au

soir la boîte était vide et quand la nuit tomba
les gémissements de la malade remplirent la
maison d'une tristesse angoissée, maintenant surtout que l'on n'avait plus de remède en quoi
l'on pût espérer.

Maria se leva deux ou trois fois, émue des
plaintes plus fortes; chaque fois elle trouvait sa
mère dans la même position, couchée sur le
côté dans une immobilité qui semblait la faire
souffrir et la raidir un peu plus d'heure en
heure, et toujours se lamentant bruyamment.

« Quoi c'est, « sa » mère? demandait Maria.
Ça va-t-il mieux?

— Oh! mon Dou, que je pâtis! Que je pâtis
donc! répondait la malade. Je peux plus grouiller, plus en tout, et ça me fait mal tout de
même. Donne-moi de l'eau frette, Maria; j'ai
soif à mourir. »

Maria lui donna à boire plusieurs fois, mais
finit par concevoir des craintes.

« Ça n'est peut-être pas bon pour vous de
boire tant que ça, « sa » mère. Tâchez d'endurer
votre soif un temps.

— C'est pas endurable, je te dis... La soif, et
puis le mal que j'ai dans tout le corps et la tête
qui me brûle... Oh! mon Dou! C'est certain
que je vas mourir. »

Un peu avant le jour elles s'assoupirent

toutes les deux; mais Maria fut bientôt réveillée par son père, qui lui secouait l'épaule et parlait à voix basse.

« Je vas atteler, dit-il. J'irai virer à Mistook pour chercher le médecin, et en passant à la Pipe je vas parler à M. le curé aussi. C'est épeurant de l'entendre se lamenter de même... »

Les yeux ouverts dans la clarté blafarde de l'aube, Maria prêta l'oreille aux bruits du départ : la porte de l'écurie battant contre le mur; les sabots du cheval sonnant mat sur les madriers de l'allée; des commandements étouffés : « Ho là! Harrié!... Harrié donc! Ho!... » Puis le tintement des grelots de l'attelage. Dans le silence qui suivit, la malade gémit deux ou trois fois, mais sans se réveiller; Maria regarda le jour pâle emplir la maison et songea au voyage de son père, s'efforçant de calculer les distances.

De chez eux au village de Honfleur, huit milles. De Honfleur à la Pipe, six. A la Pipe son père parlerait à M. le curé et puis il continuerait vers Mistook. Elle se reprit, et au lieu du vieux nom indien que les gens du pays emploient toujours elle donna au village son nom officiel, celui dont l'avaient baptisé les prêtres : Saint-Cœur-de-Marie... De la Pipe à Saint-Cœur-de-Marie, huit autres milles. Huit et

six, et huit encore... Elle s'embrouilla et dit à
voix basse :

« Ça fait loin toujours. Et les chemins seront
méchants. »

Une fois de plus elle ressentait un effarement
tragique en songeant à leur solitude, dont elle
ne se souciait guère autrefois. C'était bon
quand tout le monde était fort et joyeux et
qu'on n'avait pas besoin d'aide; mais qu'un peu
de chagrin vînt, une maladie, et le bois qui les
entourait semblait resserrer sur eux sa poigne
hostile pour les priver des secours du monde.
le bois et ses acolytes : les mauvais chemins où
les chevaux enfoncent jusqu'au poitrail, les
tempêtes de neige en plein avril...

Sa mère tenta de se retourner dans son
sommeil, s'éveilla en poussant un cri aigu de
douleur et aussitôt recommença à gémir sans
répit. Maria se leva et alla s'asseoir près d'elle,
songeant à la longue journée qui commençait. au cours de laquelle elle n'aurait ni conseil
ni aide.

Elle ne fut qu'une longue plainte, cette journée : un gémissement sans fin qui venait du lit
où gisait la malade et hantait l'étroite maison
de bois. De temps en temps se mêlait à cette
lamentation quelque bruit domestique : la vaisselle entrechoquée, la porte du poêle de fonte

ouverte avec un claquement; des pas sur le plancher, Tit'Bé rentrant dans la maison doucement.
inquiet et gauche, pour prendre des nouvelles.

« Ça va-t-il point mieux? »

Maria secouait la tête. Ils restaient tous deux
immobiles quelques secondes, regardant la forme
sous les couvertures de laine : puis Tit'Bé
sortait de nouveau pour vaquer aux menues
besognes du dehors; Maria achevait de mettre
la maison en ordre et recommençait ensuite son
guet patient, que des gémissements plus per-
çants venaient parfois interrompre comme des
reproches.

D'heure en heure elle reprenait son calcul de
temps et de distance.

« Son » père doit être pas loin de Saint-Cœur-
de-Marie... Si le médecin est là, ils vont laisser
le cheval reposer une couple d'heures, et ils
partiront ensemble. Mais les chemins doivent
être méchants; au printemps, de ce temps icitte,
c'est quasiment pas passable des fois... »

Un peu plus tard :

« Ils doivent être partis; peut-être bien qu'en
passant à la Pipe ils s'arrêteront pour parler à
M. le curé. On bien encore il sera venu de
suite dès qu'il aura su, sans les attendre. Il peut
arriver dans aucun temps. »

Mais la nuit approcha sans amener personne

et vers sept heures seulement des grelots se
firent entendre au-dehors. C'étaient le père
Chapdelaine et le médecin qui arrivaient. Ce
dernier entra dans la maison seul, posa son sac
sur la table et commença à retirer sa pelisse en
grognant.

« Avec des chemins de même, dit-il, c'est pas
qu'une petite affaire de venir voir des malades.
Et vous, vous êtes venus vous cacher dans le
bois, apparemment le plus loin que vous avez
pu. Batêche! vous pourriez bien tous mourir
sans que personne vous vienne en aide. »

Il se chauffa quelques secondes au poêle, puis
s'approcha du lit.

« Eh bien, la mère, on se met à être malade,
tout comme les gens qui ont le moyen. »

Mais après un premier examen il cessa de
plaisanter.

« Elle est malade pour de bon, je cré! »

C'était sans affectation qu'il parlait comme les
paysans; son grand-père et son père avaient travaillé la terre. et lui n'avait quitté la campagne
que pour faire ses études de médecine à Québec, parmi d'autres garçons semblables à lui
pour la plupart, petits-fils sinon fils de cultivateurs, qui avaient tous gardé des manières
frustes de villageois et le lent parler héréditaire.
Il était grand et massif, moustachu de gris, et

sa figure épaisse avait toujours une expression
un peu gênée de bonne humeur arrêtée court
par l'annonce d'un chagrin d'autrui, auquel il
devait faire semblant de compatir.

Le père Chapdelaine, ayant dételé et soigné
son cheval, rentra dans la maison à son tour.
Il s'assit à distance respectueuse avec ses enfants
pendant que le médecin remplissait ses rites. Ils
pensaient tous :

« Maintenant on va savoir ce que c'est, et il
va lui donner de bons remèdes... »

Mais quand l'examen fut fini, au lieu d'avoir
recours de suite aux philtres de son sac, il
resta hésitant et se mit à poser des questions sans
fin. Comment cela avait commencé, et de quoi
elle se plaignait surtout... Si elle avait déjà souf-
fert du même mal... Les réponses ne semblèrent
pas l'éclairer beaucoup; alors il s'adressa à la
malade elle-même, mais n'obtint d'elle que des
indications vagues et des plaintes.

« Si ça n'est rien qu'un effort qu'elle s'est
donné, fit-il à la longue, elle guérira toute seule :
elle n'a qu'à rester au lit sans bouger. Mais si
c'est une lésion dans le milieu du corps, aux
rognons ou ailleurs, ça peut être méchant. »

Il sentit confusément que le doute où il restait plongé désappointait les Chapdelaine, et
voulut rétablir son prestige.

« Des lésions internes, c'est grave, et on ne peut rien y voir. Le plus grand savant du monde ne pourrait pas vous en dire plus long que moi. Il faut attendre... Mais ça n'est peut-être pas ça. »

Il recommença son examen et secoua la tête.

« Je peux toujours lui donner quelque chose pour l'empêcher de pâtir de même... »

Le sac de cuir révéla enfin ses fioles mystérieuses : quinze gouttes d'une drogue jaunâtre tombèrent dans deux doigts d'eau, que la malade soutenue but avec force plaintes aiguës. Après cela, il ne restait apparemment qu'à attendre encore; les hommes allumèrent leurs pipes et le docteur, les pieds contre le poêle, parla de sa science et de ses cures.

« Des maladies de même, dit-il, qu'on ne sait pas bien ce que c'est, c'est plus « bâdrant » pour un médecin qu'une affaire grave. Ainsi la pneumonie, ou bien la fièvre typhoïde; les trois quarts des gens de par icitte, hormis qu'ils meurent de vieillesse, ce sont ces deux maladies-là qui les tuent. Eh bien, la fièvre typhoïde et la pneumonie, j'en guéris tous les mois. Vous connaissez bien Viateur Tremblay, le maître de poste de Saint-Henri... »

Il paraissait un peu offensé que la mère Chapdelaine fût atteinte d'un mal obscur, au

diagnostic difficile, et non d'une des deux maladies qu'il traitait avec le plus de succès, et il
conta par le menu comment il avait guéri le
maître de poste de Saint-Henri. De là ils en
vinrent à discuter toutes les nouvelles du
comté, de ces nouvelles qui font le tour du lac
Saint-Jean, colportées de maison en maison, et
qui sont d'un intérêt plus passionnant mille
fois que les famines ou les guerres parce que
les causeurs arrivent toujours à les rattacher à
quelqu'un de leurs amis ou de leurs parents,
dans ce pays où tous les liens de parenté sont
suivis méticuleusement en esprit, malgré les
distances.

La mère Chapdelaine cessa de se plaindre,
et parut s'assoupir. Le médecin jugea donc
qu'il avait fait ce qu'on attendait de lui, tout
au moins pour un soir, vida sa pipe et se leva.

« Je vas aller coucher à Honfleur, dit-il.
Votre cheval est bon pour me mener jusque-là,
eh? Vous n'avez pas besoin de venir, vous; je
connais le chemin. Je vas passer la nuit chez
Ephrem Surprenant et je reviendrai demain
dans l'avant-midi. »

Le père Chapdelaine hésita quelques instants,
songeant que son vieux cheval avait déjà fait
une dure journée; mais il ne répondit rien et
finit par sortir pour atteler une fois de plus.

Quelques minutes plus tard l'homme de science était parti et la famille se retrouva seule comme à l'ordinaire.

Une grande quiétude remplit la maison. Chacun songea avec soulagement : « C'est un bon remède qu'il lui a donné, pareil! Elle ne se lamente plus... » Mais une heure s'était à peine écoulée que la malade sortit de la torpeur où l'avait plongée le trop faible narcotique, essaya de se retourner et poussa un cri. Tous se levèrent de nouveau, navrés, et se rangèrent près du lit : elle ouvrit les yeux, et après quelques plaintes aiguës, se mit à pleurer bruyamment.

« Oh! Samuel! c'est certain, je vas mourir.

— Mais non! Mais non! Fais-toi pas des idées de même.

— Oui, je te dis que je vas mourir. Je sens ça, et ce médecin-là n'est qu'un grand simple qui ne sait quoi faire. Il ne peut même pas dire quel mal que c'est, et le remède qu'il m'a donné n'était pas le bon remède : ça ne m'a pas guérie. Je te dis que je vas mourir. »

Elle disait cela d'une voix défaillante, entre-coupée de gémissements, pendant que les larmes coulaient sur ses joues grasses. Son mari et ses enfants la regardèrent, atterrés. La peur de la mort envahit la maison. Ils se sentirent isolés

du reste du monde, sans défense, n'ayant même
plus de cheval pour aller chercher un secours
lointain, et leurs yeux se mouillèrent aussi,
cependant qu'ils se taisaient et demeuraient
immobiles, consternés, comme par une trahison.

Eutrope Gagnon arriva sur ces entrefaites.

« Et moi qui pensais la trouver quasiment
guérie, fit-il. Ce médecin-là, donc... »

Le père Chapdelaine, hors de lui, se mit à
crier :

« Ce médecin-là 'n'est bon à rien, et je le lui
dirai bien, moué. Il est venu icitte, il lui a
donné un petit remède de rien dans le fond
d'une tasse et il s'en est allé coucher au village
comme s'il avait gagné son argent. Il n'a rien
fait que fatiguer mon cheval; mais il n'aura pas
un *cent* de moi, rien en tout, rien... »

Eutrope secoua la tête et dit d'un air grave :

« Je n'y ai point confiance non plus, aux
médecins. Si on avait pensé à aller chercher un
remmancheur, comme Tit'Sèbe de Saint-
Félicien... »

Tous les visages se tournèrent vers lui et les
larmes s'arrêtèrent.

« Tit'Sèbe, fit Maria. Vous pensez qu'il est
bon pour les maladies de même? »

Eutrope et le père Chapdelaine affirmèrent
leur confiance en même temps :

« Tit'Sèbe guérit le monde; c'est sûr. Il n'a pas passé par les écoles, lui; mais il guérit le monde.

— Vous avez bien entendu parler de Nazaire Gaudreau. qui était tombé du haut d'une bâtisse et qui s'était brisé la taille... Les médecins sont venus le voir : ils n'ont rien su lui dire que le nom latin de son mal, et puis qu'il allait mourir. Alors on a été querir Tit'Sèbe, et il l'a guéri. »

Ils connaissaient tous de réputation le rebouteux, et l'espoir renaissait.

« Tit'Sèbe est un bon homme, et qui guérit le monde. Et pas difficile pour l'argent, avec ça. On va le querir, on lui paie son temps, et il vous guérit. C'est lui qui a remmanché le petit Roméo Boily, après qu'il avait été écrasé par une waguine chargée de planches. »

La malade était retombée dans une sorte de torpeur et gémissait faiblement, les yeux fermés.

« J'irai bien le querir si vous voulez, proposa Eutrope.

— Mais avec quel cheval donc? fit Maria. Le médecin a emmené Charles-Eugène à Honfleur. »

Le père Chapdelaine eut un geste de rage et jura entre ses dents :

« Le vieux maudit!... »

Eutrope réfléchit quelques secondes et se décida.

« Ça ne fait rien : j'irai pareil. Je marcherai jusqu'à Honfleur et là je trouverai bien quelqu'un qui me prêtera un cheval et une carriole; Racicot, ou bien le père Néron.

— C'est trente-cinq milles d'icitte à Saint-Félicien, et les chemins sont méchants.

— J'irai pareil. »

Il partit de suite et courut sur la neige, songeant au regard reconnaissant de Maria. Les autres se préparèrent pour la nuit, agitant dans leur esprit un nouveau calcul de distance... Soixante et dix milles aller et retour... Et les mauvais chemins... La lampe resta allumée, et jusqu'au matin la malade se lamenta dans le silence, tantôt en plaintes aiguës, tantôt en un halètement affaibli.

Deux heures après l'aube, le médecin et le curé de Saint-Henri arrivèrent ensemble.

« Je n'ai pu venir plus tôt, expliqua le curé. Mais me voilà tout de même, et j'ai pris le docteur au village, en passant. »

Ils s'assirent près du lit et causèrent à voix basse; le médecin procéda à un nouvel examen; mais ce fut le curé qui en annonça le résultat.

« On ne peut rien dire, fit-il. Elle n'a pas l'air pire; mais ça n'est pas une maladie ordinaire. Je vais toujours la confesser et lui donner l'absolution; après ça nous nous en irons tous les deux et nous reviendrons après-demain. »

Il s'approcha du lit de nouveau, pendant que tous les autres allaient s'asseoir près de la fenêtre. Pendant quelques minutes les deux voix se répondirent, l'une affaiblie par la souffrance et coupée de gémissements, l'autre assurée, grave, à peine abaissée pour les questions solennelles. Après un murmure indistinct, des gestes augustes planèrent, faisant baisser les têtes, et le curé se leva.

Avant le départ le médecin confia à Maria une petite fiole avec des recommandations.

« Seulement si elle pâtit bien fort à crier, et jamais plus de quinze gouttes à la fois... Et ne lui donnez pas d'eau frette à boire... »

Elle les reconduisit jusqu'au seuil, la fiole à la main. Au moment de monter dans la carriole, le curé de Saint-Henri la prit à part et lui dit quelques mots à son tour.

« Les médecins font ce qu'ils peuvent, dit-il avec simplicité, mais il n'y a que le bon Dieu qui connaît les maladies. Priez bien fort, et je dirai la messe pour elle demain; oui, une grand-messe avec chant, c'est entendu. »

Toute la journée, Maria s'efforça de combattre avec des prières la marche incompréhen-
sible du mal, et chaque fois qu'elle s'approchait
du lit c'était avec l'espoir confus qu'un miracle
s'était produit et que la malade allait présente-
ment cesser de gémir, s'assoupir quelques heures
et se réveiller guérie. Il n'en fut rien : les
plaintes continuaient, et vers le soir elles se
muèrent en une sorte de soupir profond, répété
sans cesse, qui semblait protester contre un fardeau, ou bien contre l'envahissement lent d'un
poison meurtrier.

Au milieu de la nuit. Eutrope Gagnon arriva,
ramenant Tit'Sèbe le remmancheur.

C'était un petit homme maigre à figure triste,
avec des yeux très doux. Comme toutes les
fois qu'on l'appelait au chevet d'un malade
il avait mis ses vêtements de cérémonie, de
drap foncé. assez usés, qu'il portait avec la gaucherie des paysans endimanchés. Mais les fortes
mains brunes, qui saillaient des manches.
avaient des gestes qui imposaient la confiance.
Elles palpèrent les membres et le corps de la
mère Chapdelaine avec des précautions infinies,
sans lui arracher un seul cri de douleur, et
après cela il resta longtemps immobile, assis près
du lit, la contemplant comme s'il attendait
qu'une intuition miraculeuse lui vînt.

Mais quand il parla, ce fut pour dire :

« Vous avez-t-y appelé le curé? Il est venu...
Et quand c'est qu'il doit revenir? Demain : c'est
correct. »

Après un nouveau silence, il avoua simplement :

« Je n'y peux rien... C'est une maladie dans
le dedans du corps, que je ne connais pas. Si
ç'avait été un accident, des os brisés, je l'aurais
guérie. Je n'aurais rien eu qu'à sentir ses os avec
mes mains, et puis le bon Dieu m'aurait
inspiré quoi faire, et je l'aurais guérie. Mais ça
c'est un mal que je ne connais pas. Je pourrais
bien lui poser des mouches noires sur le dos,
et peut-être que ça lui tirerait le sang et que ça
la soulagerait un temps. Ou bien je pourrais
lui donner une boisson faite avec des rognons
de castor : c'est bon pour les maladies de
même, c'est connu. Mais je ne pense pas que ça
la guérirait, ni la boisson, ni les mouches
noires. »

Il parlait avec tant d'honnêteté, et si simplement, qu'il faisait sentir à tous ce que c'était
que la maladie d'un corps humain : un phénomène mystérieux et terrible qui se passe derrière
des portes closes et que les autres humains ne
peuvent combattre que gauchement en tâtonnant, se fiant à des signes incertains.

« Si le bon Dieu le veut, elle va mourir. »

Maria se mit à pleurer doucement; le père Chapdelaine resta immobile et muet, la bouche ouverte, ne comprenant pas encore, et le remmancheur, ayant prononcé son verdict, baissa la tête et regarda longuement la malade de ses yeux compatissants. Ses mains brunes de paysan, inutiles, reposaient sur ses genoux; voûté, un peu penché en avant, doux et triste, il semblait poursuivre avec son dieu un dialogue muet disant :

« Vous m'avez donné le don de guérir les os brisés, et j'ai guéri; mais vous ne m'avez pas donné le don de guérir les maux comme ceux-ci : alors je suis obligé de laisser cette pauvre femme mourir. »

Pour la première fois les marques profondes que la maladie avait creusées sur le visage de la mère Chapdelaine parurent à son mari et à ses enfants être autre chose que des signes passagers de douleur : l'empreinte définitive de la dissolution qui venait. Les soupirs profonds, et en vérité pareils à des râles, qui sortaient de son gosier, devinrent non plus une expression consciente de souffrance, mais la dernière protestation instinctive d'un organisme que déchirait l'approche de la mort. Et une peur nouvelle leur vint à tous, presque plus forte que leur peur de la perdre.

« Vous ne pensez pas qu'elle va mourir avant
que M. le curé revienne? » demanda Maria.

Tit'Sèbe eut un geste d'ignorance.

« Je ne peux pas dire... Si votre cheval n'est
pas trop fatigué, vous feriez bien d'aller le
chercher dès qu'il fera jour. »

Les regards se tournèrent vers la fenêtre, qui
n'était encore qu'une plaque noire, et de là
revinrent vers la malade. Une femme forte et
courageuse, qui avait toute sa santé et toute sa
connaissance cinq jours plus tôt. Sûrement
elle n'allait pas mourir aussi vite que cela...
Mais, maintenant qu'ils savaient l'issue triste
et inévitable, chaque coup d'œil révélait un
changement subtil, quelque signe nouveau qui
faisait de cette femme couchée, aveuglée et
gémissante, une créature toute différente de
leur femme et de leur mère qu'ils avaient
connue si longtemps.

Une demi-heure passa : le père Chapdelaine
se leva brusquement, après un nouveau regard
vers la fenêtre.

« Je vas atteler », dit-il.

Tit'Sèbe hocha la tête.

« C'est correct : vous ferez aussi bien d'atteler; le jour va venir. De même M. le curé sera
icitte pour midi.

— Oui. je vas atteler », répéta le père Chapdelaine.

Mais au moment de partir il semblait se rendre compte tout à coup qu'il se préparait à remplir une mission lugubre et solennelle en allant chercher le Saint Sacrement, qui annonce la mort, et il hésitait un peu, comme au seuil d'une étape irrémédiable.

« Je vas atteler. »

Il se balança d'un pied sur l'autre, jeta un dernier regard sur la malade, et sortit enfin.

Le jour vint, et bientôt après le vent se leva et commença à mugir autour de la maison.

« Voilà le norouâ qui prend : il va y avoir une tempête », dit Tit'Sèbe.

Maria tourna les yeux vers la fenêtre et soupira.

« Et justement il a neigé il y a deux jours : ça va poudrer, certain! Les chemins étaient déjà méchants; « son » père et M. le curé vont avoir de la misère. »

Le remmancheur secoua la tête.

« Ils auront peut-être un peu de misère en route; mais ils arriveront pareil. Un prêtre qui apporte le Saint Sacrement, c'est fort! »

Ses yeux doux étaient remplis d'une foi sans borne.

« C'est fort un prêtre qui apporte le Saint

Sacrement, répéta-t-il. Voilà trois ans passés, on m'avait appelé pour soigner un malade en bas de la rivière Mistassini; j'ai vu de suite que je ne pouvais pas le guérir, alors j'ai dit qu'on aille querir un prêtre. C'était la nuit et il n'y avait pas d'hommes dans la maison, vu que c'était le père qui était malade de même, et que les garçons étaient tout petits. Alors j'y ai été moi-même. Il fallait traverser la rivière pour revenir; la glace venait de descendre — c'était au printemps —, et il n'y avait quasiment pas un seul bateau à l'eau encore. Nous avons trouvé une grosse chaloupe qui était restée dans le sable tout l'hiver, et quand nous avons essayé de la mettre à l'eau elle était si enfoncée dans le sable, et si pesante, qu'à quatre hommes nous n'avons seulement pas pu la faire grouiller. Il y avait là Simon Martel, le grand Lalancette, de Saint-Méthode, un autre que je ne me rappelle plus et moi, et à nous quatre, halant et poussant à nous briser le cœur en pensant à ce pauvre homme qui était en train de mourir comme un païen de l'autre bord de l'eau, nous n'avons seulement pas pu grouiller cette chaloupe-là d'un quart de pouce. Eh bien, M. le curé est venu; il a mis sa main sur le bordage.., rien que mis sa main sur le bordage, de même... « Poussez encore un

« coup », qu'il a dit; et la chaloupe est partie quasiment seule et s'en est allée vers l'eau comme une créature en vie. Cet homme qui était malade a reçu le bon Dieu comme il faut et il est mort en monsieur, juste comme le jour venait. Oui, c'est fort, un prêtre! »

Maria soupira encore; mais son cœur avait trouvé dans la certitude et dans l'attente de la mort une sorte de sérénité triste. La maladie obscure, l'inquiétude de ce qui pouvait venir, c'étaient des choses qu'on combattait à l'aveuglette, sans trop les comprendre, des choses vagues et terrifiantes comme des fantômes. Mais devant la mort inévitable et prochaine ce qui restait à faire était simple et prévu depuis des siècles par des lois infaillibles. M. le curé venait, que ce fût le jour ou la nuit, il venait de loin, apportant le Saint Sacrement à travers les rivières torrentielles du printemps, sur la glace traîtresse, par les mauvais chemins emplis de neige, en face du norouâ cruel, il venait sans jamais manquer, escorté de miracles; il faisait les gestes consacrés, et après cela il n'y avait plus de place pour le doute ou la peur : la mort devenait une promotion auguste, une porte ouverte sur la béatitude inimaginable des élus...

La tempête s'était levée et faisait trembler

les parois de la maison comme les vitres d'une
fenêtre tremblent sous les rafales. Le norouâ
arrivait en mugissant par-dessus les cimes du
bois sombre; sur l'espace défriché et nu qui
entourait les petites constructions de bois —
la maison, l'étable et la grange —, il s'abattait
et tourbillonnait quelques secondes, violent,
mauvais, avec des bourrasques brusques qui
tentaient de soulever la toiture ou bien frap-
paient les murs comme des coups de bélier,
avant de repartir vers la forêt dans une ruée de
dépit.

La maison de bois frissonnait du sol à la che-
minée et semblait osciller sur sa base, si bien
que ses habitants, entendant les mugissements
et les clameurs aiguës du vent, sentant tout
autour d'eux l'ébranlement de son choc, souffraient en vérité de presque toute l'horreur de
la tempête, n'ayant pas cette impression d'asile
sûr que donnent les fortes maisons de pierre.

Tit'Sèbe regarda autour de lui.

« C'est une bonne maison que vous avez là,
pareil; bien étanche et chaude... C'est-y votre
père et les garçons qui l'ont levée? Oui... Et
de même vous devez avoir pas mal grand de
terre faite, à cette heure... »

Le vent était si fort qu'ils n'entendirent pas
les grelots de l'attelage, et tout à coup la porte

battit contre le mur et le curé de Saint-Henri entra, portant le Saint Sacrement de ses deux mains levées. Maria et Tit'Sèbe s'agenouillèrent; Tit'Bé courut fermer la porte, puis se mit à genoux aussi. Le prêtre retira sa grande pelisse de fourrure, la toque poudrée de neige qui lui descendait jusqu'aux yeux, et s'en alla vers le lit de la malade sans perdre une seconde, comme un messager porteur d'une grâce.

Oh! la certitude! le contentement d'une promesse auguste qui dissipe le brouillard redoutable de la mort! Pendant que le prêtre accomplissait les gestes consacrés et que son murmure se mêlait aux soupirs de la mourante, Samuel Chapdelaine et ses enfants priaient sans relever la tête, presque consolés, exempts de doute et d'inquiétude, sûrs que ce qui se passait là était un pacte conclu avec la divinité, qui faisait du Paradis bleu semé d'étoiles d'or un bien légitime.

Après cela le curé de Saint-Henri se chauffa au poêle; puis ils prièrent encore quelque temps ensemble, à genoux près du lit.

Vers quatre heures, le vent sauta au sud-est. la tempête s'arrêta aussi brusquement qu'une lame qui frappe un mur, et dans le grand silence singulier qui suivit le tumulte, la mère Chapdelaine soupira deux fois, et mourut.

XV

Ephrem Surprenant poussa la porte et parut sur le seuil.

« Je suis venu... »

Il ne trouva pas d'autres mots et resta immobile quelques secondes, regardant l'un après l'autre d'un air gêné le père Chapdelaine, Maria, les enfants qui étaient assis près de la table. raides et muets; puis il enleva sa casquette d'un geste hâtif, comme pour réparer un oubli, referma la porte derrière lui et s'approcha du lit où reposait la morte.

On avait changé le lit de position, lui tournant la tête au mur et le pied vers l'intérieur de la maison, àfin qu'il fût accessible des deux côtés. Près du mur, deux chandelles brûlaient sur des chaises; une d'elles était fichée dans un grand chandelier de métal blanc que les visiteurs de la famille Chapdelaine n'avaient encore jamais vu; pour l'autre, Maria n'avait rien pu trouver d'approprié qu'une soucoupe de verre dans laquelle, l'été, on servait les bleuets et les framboises sauvages aux jours de cérémonie.

Le chandelier de métal luisait, le verre de la coupe scintillait à la lumière, qui n'éclairait pourtant que faiblement le visage de la morte.

Il avait revêtu, ce visage, une pâleur singulière, raffinée, de femme des villes, effet des quelques jours de maladie ou bien du froid définitif des cadavres dont le père Chapdelaine et ses enfants s'étaient d'abord un peu étonnés, y voyant ensuite une métamorphose auguste et qui marquait combien la mort l'avait déjà élevée au-dessus d'eux.

Ephrem Surprenant regarda quelques instants, puis s'agenouilla. Il ne murmura d'abord que des mots indistincts de prière; mais quand Maria et Tit'Bé vinrent s'agenouiller aussi près de lui il tira de sa poche son chapelet à gros grains et commença à le réciter à demi-voix.

Quand ce fut fini, il alla s'asseoir sur une chaise près de la table et resta silencieux quelque temps, secouant la tête d'un air triste, comme il convient de faire dans une maison où il y a un deuil, et aussi parce qu'il était sincèrement chagriné.

« C'est une grande perte, fit-il enfin. Tu étais

bien gréé de femme, Samuel; personne ne peut
rien dire à l'encontre. Tu étais bien gréé de
femme, certain! »

Après cela, il se tut de nouveau, chercha sans
les trouver des paroles de consolation et finit
par parler d'autre chose.

« Le temps est doux à soir; il va mouiller
bientôt. Tout le monde dit que le printemps
viendra de bonne heure. »

Pour les paysans, tout ce qui touche à la terre
qui les nourrit, et aussi aux saisons qui
tour à tour assoupissent et réveillent la terre,
est si important qu'on peut en parler même à
côté de la mort sans profanation. Tous diri-
gèrent instinctivement leurs regards vers la
petite fenêtre carrée; mais la nuit était obscure
et ils ne pouvaient rien voir.

Ephrem Surprenant fit de nouveau l'éloge de
la morte.

« Dans toute la paroisse il n'y avait pas femme
plus vaillante qu'elle, ni plus capable. Accueil-
lante, avec ça, et quelle belle façon elle avait
pour les visiteurs! Dans les vieilles paroisses et
même dans les villes où les « chars » passent,
on n'en aurait pas trouvé beaucoup qui la
valaient. Oui, tu étais bien gréé de femme,
certain... »

Il se leva bientôt, et sortit d'un air attristé.

Dans le long silence qui suivit, le père Chapdelaine laissa sa tête retomber peu à peu sur sa poitrine et parut s'assoupir. Maria éleva la voix, craignant un sacrilège.

« Endormez-vous point, « son » père.

— Non... Non... »

Il se redressa sur sa chaise et carra les épaules; mais comme ses yeux se fermaient malgré lui il se leva bientôt.

« On va dire encore un chapelet », fit-il.

Ils allèrent s'agenouiller près du lit où reposait la morte et récitèrent un chapelet entier. Quand ils se relevèrent, ils entendirent la pluie qui fouettait les vitres et les bardeaux du toit. C'était la première pluie de printemps et elle annonçait la délivrance, l'hiver fini, la terre reparaissant bientôt, les rivières reprenant leur marche heureuse, le monde métamorphosé une fois de plus comme une belle créature qu'un coup de baguette miraculeux délivre enfin d'un maléfice... Mais ils n'osaient s'en réjouir, dans cette maison où pesait la mort, et véritablement ils n'éprouvaient presque aucune joie, parce que leur chagrin était profond et sincère.

Ils ouvrirent la fenêtre et s'assirent de nouveau, prêtant l'oreille au crépitement des gouttes pesantes sur la toiture. Maria vit que son père avait détourné la tête et restait immobile,

elle crut que son assoupissement habituel du
soir s'emparait de lui une fois de plus; mais au
moment où elle allait le réveiller d'un mot, ce
fut lui qui soupira et se mit à parler.

« Ephrem Surprenant a dit la vérité, fit-il.
Ta mère était une bonne femme, Maria, une
femme dépareillée. »

Maria fit « oui » de la tête, serrant les lèvres.

« Courageuse et de bon conseil, elle l'a été
tant qu'elle a vécu, mais c'est surtout dans les
commencements, juste après notre mariage, et
un peu plus tard quand Esdras et toi vous
étiez encore jeunets, qu'elle s'est montrée rare.
La femme d'un petit habitant s'attend bien
d'avoir de la misère; mais des femmes qui
vont à la besogne aussi capablement et d'une si
belle humeur comme elle a fait dans ce temps-là,
il n'y en a pas beaucoup, Maria. »

Maria murmura :

« Je sais, « son » père; je sais bien. »

Et elle s'essuya les yeux, car son cœur se
fondait.

« Quand nous avons pris notre première
terre à Normandin, nous avions deux vaches et
pas gros de pacage, car presque tout ce lot-là
était encore en bois debout et difficile à faire.
Moi j'ai pris ma hache et puis je lui ai dit :
« Je vas te faire de la terre, Laura! » Et du

matin au soir c'était bûche, bûche sans jamais
revenir à la maison hormis pour le dîner;
et tout ce temps-là elle faisait le ménage et l'ordinaire, elle soignait les animaux, elle mettait les clôtures en ordre, elle nettoyait l'étable,
peinant sans arrêter, et trois ou quatre fois
dans la journée elle sortait devant la porte et
restait un moment à me regarder, là-bas à la
lisière du bois, où je « fessais » de toutes mes
forces sur les épinettes et les bouleaux pour lui
faire de la terre.

« Et puis voilà qu'en juillet le puits a tari :
les vaches n'avaient plus d'eau à leur soif et
elles ont quasiment arrêté de donner du lait.
Alors pendant que j'étais dans le bois la mère
s'est mise à voyager à la rivière avec une chaudière dans chaque main, remontant l'écarre
huit à dix fois de suite avec ses chaudières
pleines, les pieds dans le sable coulant, jusqu'à
ce qu'elle ait eu fini de remplir un quart et
quand le quart était plein, elle le chargeait sur
une brouette et elle s'en allait le vider dans
la grande cuve dans le clos des vaches, à plus
de trois cents verges de la maison, au pied du
cran. C'était pas un ouvrage de femme, ça, et
je lui ai bien dit de me laisser faire; mais
toutes les fois elle se mettait à crier : « Occupe-
« toi pas de ça, toi... Occupe-toi de rien... Fais-

« moi de la terre. » Et elle riait pour m'encourager, mais je voyais bien qu'elle avait eu de la misère, et que le dessous de ses yeux était noir de fatigue.

« Alors je prenais ma hache et je m'en allais dans le bois, et je fessais si fort sur les bouleaux que je faisais sauter des morceaux gros comme le poignet, en me disant que c'était une femme dépareillée que j'avais là et que si le bon Dieu me gardait ma santé je lui ferais une belle terre... »

La pluie crépitait toujours sur le toit; de temps en temps un coup de vent venait fouetter la fenêtre de gouttes pesantes qui coulaient ensuite sur le carreau comme des larmes lentes. Encore quelques heures de pluie et ce serait le sol mis à nu, les ruisseaux se formant sur toutes les pentes; quelques jours, et de nouveau l'on entendrait les chutes...

« Quand nous avons pris une autre terre en haut de Mistassini, reprit Samuel Chapdelaine, ç'a été la même chose : du travail dur et de la misère pour elle comme pour moi; mais toujours encouragée et de belle humeur... Là nous étions en plein bois; mais comme il y avait des clairières avec du foin bleu parmi les roches, nous nous sommes mis à élever des moutons. Un soir... »

Il se tut encore quelques instants, puis recommença à parler en regardant Maria fixement comme s'il voulait lui faire bien comprendre ce qu'il allait dire.

« C'était en septembre; au temps où toutes les bêtes dans le bois deviennent mauvaises. Un homme de Mistassini qui descendait la rivière en canot s'était arrêté près de chez nous et il nous avait dit comme ça : « Prenez garde « à vos moutons, les ours sont venus tuer une « génisse tout près des maisons la semaine « passée. » Alors la mère et moi nous sommes allés ce soir-là virer au foin bleu pour faire rentrer les moutons au clos la nuit, pour ne pas que les ours les mangent.

« Moi j'avais pris par un bord et elle par l'autre, à cause que les moutons s'égaillaient dans les aunes. C'était à la brunante, et tout à coup j'entends Laura qui crie : « Ah! les « maudits! » Il y avait des bêtes qui remuaient dans la brousse, et c'était facile de voir que c'étaient pas des moutons, à cause que dans le bois, vers le soir, les moutons font des taches blanches. Alors je me suis mis à courir tant que j'ai pu, ma hache à la main. Ta mère me l'a conté plus tard, quand nous étions de retour à la maison : elle avait vu un mouton couché par terre, déjà mort, et deux ours qui étaient après

le manger. Ça prend un bon homme, pas peureux de rien, pour faire face à des ours en septembre, même avec un fusil; et quand c'est
une femme avec rien dans la main, le mieux
qu'elle peut faire c'est de se sauver et personne
n'a rien à dire. Mais la mère a ramassé un bois
par terre et elle a couru dret sur les ours, en
criant : « Nos beaux moutons gras!... Sauvez-
« vous, grands voleux, ou je vas vous faire du
« mal! »

« Moi, j'arrivais en galopant tant que je pouvais à travers les chousses; mais le temps que
je la rejoigne les ours s'étaient sauvés dans le
bois sans rien dire, tout piteux, parce qu'elle les
avait apeurés comme il faut. »

Maria écoutait, retenant son haleine, et se
demandant si vraiment c'était bien sa mère
qui avait fait cela, sa mère qu'elle avait toujours connue douce et patiente, et qui n'avait
jamais donné une taloche à Télesphore sans le
prendre ensuite sur ses genoux pour le consoler, pleurant avec lui et disant que de battre
un enfant, il y avait de quoi lui briser le
cœur.

La courte averse de printemps était déjà finie;
la lune se montrait à travers les nuages
comme un visage curieux venant voir ce qui restait encore de la neige de l'hiver après cette

première pluie. Le sol était toujours d'une blancheur uniforme; le silence profond de la nuit annonçait que bien des jours encore s'écouleraient avant qu'on entendît de nouveau le tonnerre lointain des grandes chutes; mais la brise tiède chuchotait des encouragements et des promesses.

Samuel Chapdelaine se tut quelque temps, la tête penchée, les mains sur ses genoux, se souvenant du passé et des dures années pourtant pleines d'espérance. Quand il recommença à parler, ce fut d'une voix hésitante, avec une sorte d'humilité mélancolique.

« A Normandin, et à Mistassini, et dans les autres places où nous avons passé, j'ai toujours travaillé fort; personne ne peut rien dire à l'encontre. J'ai clairé bien des arpents de bois, et bâti des maisons et des granges, en me disant toutes les fois qu'un jour viendrait où nous aurions une belle terre, et où ta mère pourrait vivre comme les femmes des vieilles paroisses avec de beaux champs nus des deux bords de la maison aussi loin qu'on peut voir, un jardin de légumes, de belles vaches grasses dans le clos... Et voilà qu'elle est morte tout de même dans une place à moitié sauvage, loin des autres maisons et des églises et si près du bois qu'il y a des nuits où l'on entend crier les

renards. Et c'est ma faute, si elle est morte dans
une place de même; c'est ma faute, certain! »

Le remords l'étreignait; il secouait la tête, les
yeux à terre.

« Plusieurs fois, après que nous avions passé
cinq ou six ans dans une place et que tout
avait bien marché, nous commencions à avoir
un beau bien : du pacage, de grands morceaux
de terre faite prêts à être semés, une maison
toute tapissée en dedans avec des gazettes à
images... Il venait du monde qui s'établissait
autour de nous; il n'y avait rien qu'à attendre
un peu en travaillant tranquillement et nous
aurions été au milieu d'une belle paroisse où
Laura aurait pu faire un règne heureux... Et
puis tout à coup le cœur me manquait; je me
sentais tanné de l'ouvrage, tanné du pays; je
me mettais à haïr les faces des gens qui prenaient des lots dans le voisinage et qui venaient
nous voir, pensant que nous serions heureux
d'avoir de la visite après être restés seuls si longtemps. J'entendais dire que plus loin vers
le haut du lac. dans le bois, il y avait de la
bonne terre; que du monde de Saint-Gédéon
parlait de prendre des lots de ce côté-là, et
voilà que cette place dont j'entendais parler.
que je n'avais jamais vue et où il n'y avait
encore personne, je me mettais à avoir faim

et soif d'elle comme si c'était la place où
j'étais né...

« Dans ces temps-là, quand l'ouvrage de la
journée était fini, au lieu de rester à fumer près
du poêle, j'allais m'asseoir sur le perron et je
restais là sans grouiller, comme un homme
qui a le mal du pays et qui s'ennuie, et tout
ce que je voyais là devant moi : le bien que
j'avais fait moi-même avec tant de peine et de
misère, les champs, les clôtures, le cran qui
bouchait la vue, je le haïssais à en perdre la
raison.

« Alors ta mère venait par-derrière sans faire
de bruit; elle regardait aussi notre bien, et je
savais qu'elle était contente dans le fond de son
cœur, parce que ça commençait à ressembler
aux vieilles paroisses où elle avait été élevée et
où elle aurait voulu faire tout son règne. Mais
au lieu de me dire que je n'étais qu'un
vieux simple et fou de vouloir m'en aller,
comme bien des femmes auraient fait, et de me
chercher des chicanes pour ma folie, elle ne
faisait rien que soupirer un peu, en songeant
à la misère qui allait recommencer dans une
autre place dans les bois, et elle me disait
comme ça tout doucement : « Eh bien, Samuel!
« C'est-y qu'on va encore mouver bientôt? »

« Dans ces temps-là, je ne pouvais pas lui

répondre. tant j'étranglais de honte, à cause de
la vie misérable qu'elle faisait avec moi; mais
je savais bien que je finirais par partir encore
pour m'en aller plus haut vers le Nord, plus
loin dans le bois, et qu'elle viendrait avec moi
et prendrait sa part de la dure besogne du
commencement, toujours aussi capablement,
encouragée et de belle humeur, sans jamais un
mot de chicane ni de malice. »

Après cela il se tut et sembla ruminer longuement son regret et son chagrin. Maria soupira et se passa les mains sur la figure, comme
l'on fait quand on veut effacer òu oublier
quelque chose; mais en vérité elle ne désirait
rien oublier. Ce qu'elle venait d'entendre
l'avait émue et troublée; elle avait l'intuition
confuse que ce récit d'une vie dure, bravement
vécue, avait pour elle un sens profond et oppor-
tun, et qu'il contenait une leçon, si seulement
elle pouvait comprendre.

« Comme on connaît màl les gens! » son-
gea-t-elle.

Dès le seuil de la mort, sa mère semblait
prendre un aspect auguste et singulier, et voici
que les qualités familières, humbles, qui
l'avaient fait aimer de son vivant, disparaissaient
derrière d'autres vertus presque héroïques.

Vivre toute sa vie en des lieux désolés, lorsqu'on aurait aimé la compagnie des autres humains et la sécurité paisible des villages; peiner de l'aube à la nuit, dépensant toutes les forces de son corps en mille dures besognes et garder de l'aube à la nuit toute sa patience et une sérénité joyeuse; ne jamais voir autour de soi que la nature primitive, sauvage, le bois inhumain, et garder au milieu de tout cela l'ordre raisonnable et la douceur, et la gaieté, qui sont les fruits de bien des siècles de vie sans rudesse, c'était une chose difficile et méritoire, assurément. Et quelle était la récompense? Quelques mots d'éloge, après la mort.

Est-ce que cela en valait la peine? La question ne se posait pas dans son esprit avec cette netteté; mais c'était bien à cela qu'elle songeait. Vivre ainsi, aussi durement, aussi bravement, et laisser tant de regret derrière soi peu de femmes en étaient capables. Elle-même...

Le ciel baigné de lune était singulièrement lumineux et profond, et d'un bout à l'autre de ce ciel des nuages curieusement découpés, semblables à des décors, défilaient comme une procession solennelle. Le sol blanc n'évoquait aucune idée de froid ni de tristesse, car la brise était tiède, et quelque vertu mystérieuse du printemps qui venait faisait de la neige un simple déguisement du paysage, nullement

redoutable, et que l'on devinait condamné à
bientôt disparaître.

Maria, assise, près de la petite fenêtre, regarda
quelque temps sans y penser le ciel, le
sol blanc, la barre lointaine de la forêt, et tout
à coup il lui sembla que cette question qu'elle
s'était posée à elle-même venait de recevoir une
réponse. Vivre ainsi, dans ce pays, comme
sa mère avait vécu, et puis mourir et laisser
derrière soi un homme chagriné et le souvenir
des vertus essentielles de sa race, elle sentait
qu'elle serait capable de cela. Elle s'en rendait
compte sans aucune vanité et comme si la
réponse était venue d'ailleurs. Oui, elle serait
capable de cela; et une sorte d'étonnement lui
vint, comme si c'était là une nouvelle révélation
inattendue.

Elle pourrait vivre ainsi; seulement... elle
n'avait pas dessein de le faire... Un peu plus
tard, quand ce deuil serait fini, Lorenzo Surprenant reviendrait des Etats pour la troisième
fois et l'emmènerait vers l'inconnu magique
des villes, loin des grands bois qu'elle détestait,
loin du pays barbare où les hommes qui
s'étaient écartés mouraient sans secours, où les
femmes souffraient et agonisaient longuement,
tandis qu'on s'en allait chercher une aide
inefficace au long des .interminables chemins

emplis de neige. Pourquoi rester là. et tant peiner, et tant souffrir lorsqu'on pouvait s'en aller vers le Sud et vivre heureux?

Le vent tiède qui annonçait le printemps vint battre la fenêtre, apportant quelques bruits confus : le murmure des arbres serrés dont les branches frémissent et se frôlent, le cri lointain d'un hibou. Puis le silence solennel régna de nouveau. Samuel Chapdelaine s'était endormi; mais ce sommeil au chevet de la mort n'avait rien de grossier ni de sacrilège; le menton sur sa poitrine, les mains ouvertes sur ses genoux, il semblait plongé dans un accablement triste. ou bien enfoncé dans une demi-mort volontaire où il suivait d'un peu plus près la disparue.

Maria se demandait encore : pourquoi rester là, et tant peiner, et tant souffrir? Pourquoi?... Et comme elle ne trouvait pas de réponse voici que du silence de la nuit, à la longue, des voix s'élevèrent.

Elles n'avaient rien de miraculeux, ces voix; chacun de nous en entend de semblables lorsqu'il s'isole et se recueille assez pour laisser loin derrière lui le tumulte mesquin de la vie journalière. Seulement elles parlent plus haut et plus clair aux cœurs simples, au milieu des grands bois du Nord et des campagnes désolées.

Comme Maria songeait aux merveilles lointaines
des cités, la première voix vint lui rappeler en
chuchotant les cent douceurs méconnues du pays
qu'elle voulait fuir.

L'apparition quasi miraculeuse de la terre au
printemps, après les longs mois d'hiver... La
neige redoutable se muant en ruisselets
espiègles sur toutes les pentes; les racines sur-
gissant, puis la mousse encore gonflée d'eau, et
bientôt le sol délivré sur lequel on marche
avec des regards de délice et des soupirs d'allégresse, comme en une exquise convalescence...
Un peu plus tard les bourgeons se montraient
sur les bouleaux, les aunes et les trembles, le
bois de charme se couvrait de fleurs roses, et
après le repos forcé de l'hiver le dur travail de
la terre était presque une fête; peiner du matin
au soir semblait une permission bénie...

Le bétail enfin délivré de l'étable entrait en
courant dans les clos et se gorgeait d'herbe
neuve. Toutes les créatures de l'année : les
veaux, les jeunes volailles, les agnelets batifo-
laient au soleil et croissaient de jour en jour
tout comme le foin et l'orge. Le plus pauvre
des fermiers s'arrêtait parfois au milieu de sa
cour ou de ses champs, les mains dans ses
poches, et savourait le grand contentement de
savoir que la chaleur du soleil, la pluie tiède,

l'alchimie généreuse de la terre, — toutes sortes de forces géantes, — travaillaient en esclaves soumises pour lui... pour lui...

Après cela, c'était l'été : l'éblouissement des midis ensoleillés, la montée de l'air brûlant qui faisait vaciller l'horizon et la lisière du bois, les mouches tourbillonnant dans la lumière, et à trois cents pas de la maison les rapides et la chute — écume blanche sur l'eau noire —, dont la seule vue répandait une fraîcheur délicieuse. Puis la moisson, le grain nourricier s'empilant dans les granges, l'automne, et bientôt l'hiver qui revenait... Mais voici que miraculeusement l'hiver ne paraissait plus détestable ni terrible : il apportait tout au moins l'intimité de la maison close et au-dehors, avec la monotonie et le silence de la neige amoncelée, la paix, une grande paix...

Dans les villes il y aurait des merveilles dont Lorenzo Surprenant avait parlé, et ces autres merveilles qu'elle imaginait elle-même confusément : les larges rues illuminées, les magasins magnifiques, la vie facile, presque sans labeur, emplie de petits plaisirs. Mais peut-être se lassait-on de ce vertige à la longue, et les soirs où l'on ne désirait rien que le repos et la tranquillité, où retrouver la quiétude des champs et des bois, la caresse de la première brise

fraîche, venant du nord-ouest après le coucher
du soleil, et la paix infinie de la campagne s'en-
dormant tout entière dans le silence?

« Ça doit être beau, pourtant! » se dit-elle
en songeant aux grandes cités américaines. Et
une autre voix s'éleva comme une réponse.
Là-bas c'était l'étranger : des gens d'une autre
race parlant d'autre chose dans une autre
langue, chantant d'autres chansons... Ici...

Tous les noms de son pays, ceux qu'elle entendait tous les jours, comme ceux qu'elle
n'avait entendus qu'une fois, se réveillèrent
dans sa mémoire : les mille noms que des
paysans pieux venus de France ont donnés aux
lacs, aux rivières et aux villages de la contrée
nouvelle qu'ils découvraient et peuplaient à
mesure... lac à l'Eau-Claire... la Famine...
Saint-Cœur-de-Marie... Trois-Pistoles... Sainte-
Rose-du-Dégel... Pointe-aux-Outardes... Saint-
André-de-l'Epouvante...

Eutrope Gagnon avait un oncle qui demeu-
rait à Saint-André-de-l'Epouvante; Racicot,
de Honfleur, parlait souvent de son fils qui
était chauffeur à bord d'un bateau du Golfe, et
chaque fois c'étaient encore des noms nou-
veaux qui venaient s'ajouter aux anciens : les
noms de villages de pêcheurs ou de petits ports
du Saint-Laurent, dispersés sur les rives entre

lesquelles les navires d'autrefois étaient montés bravement vers l'inconnu... Pointe-Mille-Vaches... les Escoumains... Notre-Dame-du-Portage... les Grandes-Bergeronnes... Gaspé...

Qu'il était plaisant d'entendre prononcer ces noms. lorsqu'on parlait de parents ou d'amis éloignés. ou bien de longs voyages! Comme ils étaient familiers et fraternels, donnant chaque fois une sensation chaude de parenté, faisant que chacun songeait en les répétant : « Dans tout ce pays-ci, nous sommes chez nous... chez nous! »

Vers l'ouest, dès qu'on sortait de la province. vers le sud, dès qu'on avait passé la frontière, ce n'était plus partout que des noms anglais qu'on apprenait à prononcer à la longue et qui finissaient par sembler naturels sans doute; mais où retrouver la douceur joyeuse des noms français?

Les mots d'une langue étrangère sonnant sur toutes les lèvres. dans les rues, dans les magasins... De petites filles se prenant par la main pour danser une ronde et entonnant une chanson que l'on ne comprenait pas... Ici...

Maria regardait son père, qui dormait toujours, le menton sur sa poitrine comme un homme accablé qui médite sur la mort. et de suite elle se souvint des cantiques et des chan-

sons naïves qu'il apprenait aux enfants presque
chaque soir.

> A la claire fontaine,
> M'en allant promener...

Dans les villes des Etats, même si l'on apprenait aux enfants ces chansons-là, sûrement ils
auraient vite fait de les oublier!

Les nuages épars qui tout à l'heure défilaient
d'un bout à l'autre du ciel baigné de lune
s'étaient fondus en une immense nappe grise,
pourtant ténue, qui ne faisait que tamiser la
lumière; le sol couvert de neige mi-fondue
était blafard, et entre ces deux étendues
claires la lisière noire de la forêt s'allongeait
comme le front d'une armée.

Maria frissonna; l'attendrissement qui était
venu baigner son cœur s'évanouit; elle se dit
une fois de plus :

« Tout de même... c'est un pays dur, icitte.
Pourquoi rester? »

Alors une troisième voix plus grande que les
autres s'éleva dans le silence : la voix du pays
de Québec, qui était à moitié un chant de
femme et à moitié un sermon de prêtre.

Elle vint comme un son de cloche, comme la
clameur auguste des orgues dans les églises,

comme une complainte naïve et comme le cri
perçant et prolongé par lequel les bûcherons
s'appellent dans les bois. Car en vérité tout ce
qui fait l'âme de la province tenait dans cette
voix : la solennité chère du vieux culte, la
douceur de la vieille langue jalousement
gardée. la splendeur et la force barbare du pays
neuf où une racine ancienne a retrouvé son
adolescence.

Elle disait :

« Nous sommes venus il y a trois cents ans, et
nous sommes restés... Ceux qui nous ont menés
ici pourraient revenir parmi nous sans amertume et sans chagrin, car s'il est vrai que nous
n'ayons guère appris, assurément nous n'avons
rien oublié.

« Nous avions apporté d'outre-mer nos prières
et nos chansons : elles sont toujours les mêmes.
Nous avions apporté dans nos poitrines le
cœur des hommes de notre pays. vaillant et
vif, aussi prompt à la pitié qu'au rire. le
cœur le plus humain de tous les cœurs humains :
il n'a pas changé. Nous avons marqué un
plan du continent nouveau, de Gaspé à Montréal, de Saint-Jean-d'Iberville à l'Ungava, en
disant : ici toutes les choses que nous avons
apportées avec nous. notre culte, notre langue.
nos vertus et jusqu'à nos faiblesses deviennent

des choses sacrées intangibles et qui devront demeurer jusqu'à la fin.

« Autour de nous des étrangers sont venus, qu'il nous plaît d'appeler des barbares; ils ont pris presque tout le pouvoir; ils ont acquis presque tout l'argent; mais au pays de Québec rien n'a changé. Rien ne changera, parce que nous sommes un témoignage. De nous-mêmes et de nos destinées nous n'avons compris clairement que ce devoir-là : persister... nous maintenir... Et nous nous sommes maintenus, peut-être afin que dans plusieurs siècles encore le monde se tourne vers nous et dise : « Ces « gens sont d'une race qui ne sait pas mourir... » Nous sommes un témoignage.

« C'est pourquoi il faut rester dans la province où nos pères sont restés, et vivre comme ils ont vécu, pour obéir au commandement inexprimé qui s'est formé dans leurs cœurs, qui a passé dans les nôtres et que nous devrons transmettre à notre tour à de nombreux enfants : Au pays de Québec rien ne doit mourir et rien ne doit changer... »

L'immense nappe grise qui cachait le ciel s'était faite plus opaque et plus épaisse, et soudain la pluie recommença à tomber, approchant encore un peu l'époque bénie de la terre nue et des rivières délivrées. Samuel Chapde-

laine dormait toujours, le menton sur sa poitrine, comme un vieil homme que la fatigue
d'une longue vie dure aurait tout à coup accablé. Les flammes des deux chandelles fichées
dans le chandelier de métal et dans la coupe
de verre vacillaient sous la brise tiède, de sorte
que des ombres dansaient sur le visage de la
morte et que ses lèvres semblaient murmurer des
prières ou chuchoter des secrets.

Maria Chapdelaine sortit de son rêve et songea : « Alors je vais rester ici... de même! »
car les voix avaient parlé clairement et elle sentait qu'il fallait obéir. Le souvenir de ses
autres devoirs ne vint qu'ensuite, après qu'elle
se fut résignée, avec un soupir. Alma-Rose
était encore toute petite; sa mère était morte
et il fallait bien qu'il restât une femme à la
maison. Mais en vérité c'étaient les voix qui lui
avaient enseigné son chemin.

La pluie crépitait sur les bardeaux du toit,
et la nature heureuse de voir l'hiver fini
envoyait par la fenêtre ouverte de petites
bouffées de brise tiède qui semblaient des
soupirs d'aise. A travers les heures de la nuit
Maria resta immobile, les mains croisées dans
son giron, patiente et sans amertume, mais
songeant avec un peu de regret pathétique aux
merveilles lointaines qu'elle ne connaîtrait

jamais et aussi aux souvenirs tristes du pays
où il lui était commandé de vivre; à la flamme
chaude qui n'avait caressé son cœur que pour
s'éloigner sans retour, et aux grands bois emplis
de neige d'où les garçons téméraires ne
reviennent pas.

XVI

En mai, Esdras et Da'Bé descendirent des chantiers, et leur chagrin raviva le chagrin des autres. Mais la terre enfin nue attendait la semence, et aucun deuil ne pouvait dispenser du labeur de l'été.

Eutrope Gagnon vint veiller un soir, et peut-être, en regardant à la dérobée le visage de Maria, devina-t-il que son cœur avait changé, car lorsqu'ils se trouvèrent seuls il demanda :

« Calculez-vous toujours de vous en aller, Maria? »

Elle fit : « Non » de la tête, les yeux à terre.

« Alors... Je sais bien que ça n'est pas le temps de parler de ça, mais si vous pouviez me dire que j'ai une chance pour plus tard, j'endurerais mieux l'attente. »

Maria lui répondit :

« Oui... Si vous voulez, je vous marierai comme vous m'avez demandé, le printemps d'après ce printemps-ci, quand les hommes reviendront du bois pour les semailles. »

IMPRIMÉ EN FRANCE PAR BRODARD ET TAUPIN
Usine de La Flèche (Sarthe).
LIBRAIRIE GÉNÉRALE FRANÇAISE - 6, rue Pierre-Sarrazin - 75006 Paris.
ISBN : 2 - 253 - 00566 - 5

Nouvelles éditions des «classiques»

La critique évolue, les connaissances s'accroissent. Le Livre de Poche Classique renouvelle, sous des couvertures prestigieuses, la présentation et l'étude des grands auteurs français et étrangers. Les préfaces sont rédigées par les plus grands écrivains ; l'appareil critique, les notes tiennent compte des plus récents travaux des spécialistes.

Texte intégral

Extrait du catalogue*

ALAIN-FOURNIER

Le Grand Meaulnes 1000
Préface et commentaires de Daniel Leuwers.

BALZAC

La Rabouilleuse 543
Préface, commentaires et notes de Roger Pierrot.

Les Chouans 705
Préface, commentaires et notes de René Guise.

Le Père Goriot 757
Préface de F. van Rossum-Guyon et Michel Butor. Commentaires et notes de Nicole Mozet.

Illusions perdues 862
Préface, commentaires et notes de Maurice Ménard.

La Cousine Bette 952
Préface, commentaires et notes de Roger Pierrot.

Le Cousin Pons 989
Préface, commentaires et notes de Maurice Ménard.

Eugénie Grandet 1414
Préface et commentaires de Maurice Bardèche. Notes de Jean-Jacques Robrieux.

La Peau de chagrin 1701
Préface, commentaires et notes de Pierre Barbéris.

BAUDELAIRE

Les Fleurs du mal   677
*Préface de Marie-Jeanne Durry.
Édition commentée et annotée
par Yves Florenne.*

Le Spleen de Paris   1179
*Édition établie, présentée et
commentée par Yves Florenne.*

Les Paradis artificiels   1326
*Préface, commentaires et
notes d'Yves Florenne.*

DAUDET

Lettres de mon moulin   848
Préface de Nicole Ciravégna.

Le Petit Chose   925
Préface de Paul Guth.

Contes du lundi   1058
Préface de Louis Nucéra.

Tartarin de Tarascon   5672
Préface d'Yves Berger.

DIDEROT

La Religieuse   2077
*Préface d'Henry de Montherlant.
Commentaires et notes de
Jacques et A.-M. Chouillet.*

Jacques le fataliste   403
*Préface, commentaires et notes
de Jacques et A.-M. Chouillet.*

DOSTOIEVSKI

Crime et châtiment
T I 1289 - T II 1291
*Préface de Nicolas Berdiaeff.
Commentaires de Georges Philippenko.*

L'Idiot
T I 941 - T II 943
*Introduction et commentaires de
Louis Martinez.*

Les Possédés   695
*Préface et commentaires
de Georges Philippenko.*

DUMAS fils

La Dame aux camélias   2682
*Préface, commentaires et
notes d'Antoine Livio.*

FLAUBERT

Madame Bovary   713
*Préface d'Henry de
Montherlant.
Présentation, commentaires
et notes de Béatrice Didier.*

L'Éducation sentimentale   1499
*Préface de Pierre Sipriot.
Commentaires et notes de
Daniel Leuwers.*

HOMÈRE

L'Odyssée   602
*Préface de Fernand Robert.
Édition traduite et présentée
par Victor Bérard.
Index et notes de Luc Duret.*

L'Iliade   1063
*Préface de Fernand Robert.
Édition traduite et présentée
par Mario Meunier.
Index et notes de Luc Duret.*

**LA FAYETTE
(Madame de)**
La Princesse
de Clèves 374
*Préface de Michel Butor.
Commentaires de Béatrice
Didier.*

MACHIAVEL
Le Prince 879
*Préface de Raymond Aron.
Édition traduite, commentée
et annotée par Jean Anglade.*

MAUPASSANT
Une vie 478
*Préface de Henri Mitterand.
Commentaires et notes
d'Alain Buisine.*

Mademoiselle Fifi 583
*Édition présentée, commentée
et annotée par Louis Forestier.*

La Maison Tellier 760
*Édition présentée, commentée
et annotée par Patrick Wald
Lasowski.*

Bel-Ami
*Préface de Jacques Laurent.
Commentaires et notes de
Philippe Bonnefis.*

MÉRIMÉE
Colomba et
autres nouvelles 1217
Édition établie par Jean Mistler.

Carmen et
autres nouvelles 1480
Édition établie par Jean Mistler.

NIETZSCHE
Ainsi parlait
Zarathoustra 987
*Édition traduite, présentée et
annotée par G.-A. Goldschmidt.*

POE
Histoires
extraordinaires 604
*Édition présentée par
Michel Zéraffa.*

Nouvelles histoires
extraordinaires 1055
*Édition présentée par
Michel Zéraffa.*

RABELAIS
Pantagruel 1240
*Édition établie et annotée
par Pierre Michel.*

Gargantua 1589
*Édition établie et annotée
par Pierre Michel.*

SADE
Justine 3714
*Édition préfacée, commentée
et annotée par Béatrice Didier.*

SAND
La Petite Fadette 3350
*Édition préfacée, commentée
et annotée par Maurice Toesca.*

François le Champi 4771
*Édition préfacée, commentée
et annotée par Maurice Toesca.*

La Mare au diable 3551
*Édition préfacée, commentée et
annotée par Pierre de Boisdeffre.*

SHAKESPEARE

Roméo et Juliette,
Le Songe
d'une nuit d'été   1066

*Édition préfacée, commentée
et annotée par Yves Florenne.*

STENDHAL

Le Rouge et le Noir   357

*Édition préfacée, commentée
et annotée par Victor Del Litto.*

La Chartreuse
de Parme   851

*Édition préfacée, commentée
et annotée par Victor Del Litto.*

TOURGUENIEV

Premier amour   497

*Préface de François Nourissier.
Commentaires d'Edith Scherrer.*

VERLAINE

Poèmes saturniens,
Fêtes galantes   747

*Préface de Léo Ferré.
Commentaires et notes de
Claude Cuénot.*

La Bonne Chanson,
Romances sans
paroles, Sagesse   1116

*Préface d'Antoine Blondin.
Commentaires et notes de
Claude Cuénot.*

VILLON

Poésies complètes   1216

*Préfaces de Clément Marot
et de Théophile Gautier.
Édition présentée, établie et
annotée par Pierre Michel.*

VOLTAIRE

Candide et
autres contes   657

*Édition présentée, commentée
et annotée par J. Van den
Heuvel.*

Zadig et
autres contes   658

*Édition présentée, commentée
et annotée par J. Van den
Heuvel.*

ZOLA

Les Rougon-Macquart

*Édition établie par
Auguste Dezalay.*

L'Assommoir   97

*Préface de François Cavanna.
Commentaires et notes
d'Auguste Dezalay.*

Germinal   145

*Préface de Jacques Duquesne.
Commentaires et notes
d'Auguste Dezalay.*

La Conquête
de Plassans   384

*Préface de Henri Mitterand.
Commentaires et notes de
Pierre Marotte.*

XXX

Tristan et Iseult   1306

*Renouvelé en français moderne,
commenté et annoté par René
Louis.*

---

* Disponible chez votre libraire.

*Le sigle , placé au dos du
volume, indique une nouvelle
présentation.*